Belle

Mamoru HOSODA

Belle

Traduit du japonais par
Mathilde Tamae-Bouhon

Adaptation française des chansons par Cécile Corbel

PIKA ROMAN

Titre original :
BELLE

Traduction du japonais : Mathilde Tamae-Bouhon
Maquette de couverture : Yasue Hagiwara
Adaptation française des chansons par Cécile Corbel
Suivi éditorial : Manon Cousin & Iman Thieffry
Direction éditoriale : Mehdi Benrabah

ISBN : 978-2-37632-056-2

Dépôt Légal : janvier 2022

Achevé d'imprimer en Italie
par Grafica Veneta S.p.A. en janvier 2022.

PAPIER À BASE DE FIBRES CERTIFIÉES

Pika Édition s'engage pour l'environnement en réduisant l'empreinte carbone de ses livres.
Rendez-vous sur www.pika-durable.fr

Invitation

Une ligne blanche jaillit des ténèbres.

Lentement, elle s'approche.

Qu'est-ce donc ?

Peu à peu, la vision se précise : il s'agit d'une suite d'unités exceptionnellement détaillées. Qui se répètent selon un schéma régulier, comme les cellules d'un tissu organique observé au microscope.

Un tissu ?

Non, une ville.

L'énigmatique mégapole appelée « U ».

Le monde virtuel ultime, créé par les « Voix », cinq sages contrôlant les règles de cet univers.

C'est le plus vaste espace de l'histoire de l'Internet, rassemblant plus de cinq milliards de comptes à travers le globe, et qui demeure en constante expansion.

Vous n'avez pas encore rejoint « U ».

Comment y accéder ?

Commençons par jeter un coup d'œil à votre smartphone.

Sur l'écran s'affiche l'icône d'une application, ornée de la vingt et unième lettre de l'alphabet. Vous l'aurez vite trouvée : elle est généralement préinstallée sur les modèles les plus récents.

Lançons l'application.

« U will be you.

You will be U.

U will be everything.

Tous les accessoires que vous utilisez – écouteurs, montre, boucles d'oreilles, bagues, lunettes, faux ongles, masques, etc. – lisent automatiquement vos données biométriques.

Analyse des données en cours… »

Les conditions générales d'utilisation de U s'affichent sur l'écran durant le court intervalle nécessaire à votre authentification. Une multitude d'icônes apparaissent, représentant autant de personnes. Toutes sortes de critères – genre, âge, corpulence, handicap, etc. – viennent se superposer aux différentes silhouettes de U.

« À l'instar des différences et particularités qui distinguent chacun des individus peuplant la planète, différentes formes de particules U sont étudiées afin d'incarner cet *ethos*. »

Parmi la foultitude de particules, une en particulier se voit confirmée.

Fin de l'authentification.

« Bienvenue dans le monde de U. »

Des particules s'envolent d'un nombre incalculable de fenêtres en forme de smartphone.

Vous voilà enfin.

En un clin d'œil, les particules U dessinent la silhouette d'une ravissante jeune fille aux allures de lapin.

Une annonce retentit :

« U recourt aux plus récentes technologies de partage corporel afin de permettre à chacun de se réunir, de se détendre et de se divertir.

Ici, votre avatar est appelé "AE" : il vous servira d'*alter ego* au sein de U. Il est généré automatiquement par l'IA supérieure de l'univers virtuel, à partir des données biométriques scannées.

D'autres particules U, connectées comme vous, surgissent une à une de leurs fenêtres pour donner naissance à des AE. »

Vous – ou plutôt la charmante jeune fille qui vous représente, coiffée d'un élégant chapeau d'où dépassent des oreilles blanches et duveteuses – plongez telle une parachutiste en compagnie de vos nouveaux camarades.

La mer de nuages qui emplissait votre champ de vision s'ouvre soudain.

Sans doute laissez-vous échapper un soupir d'admiration devant les façades des hauts bâtiments miroitant à la lueur du crépuscule.

Ces groupes de gratte-ciel aux formes géométriques sophistiquées, empilés sur plusieurs niveaux, sans distinction entre ciel et terre, où l'on confond gauche et droite, forment le plus impressionnant spectacle nocturne que vous ayez jamais vu.

Vous voilà aux abords d'un centre commercial huppé. Vous croiriez vous promener par un soir d'été, à la faveur des derniers rayons du soleil, sur la 5e Avenue, les Champs-Élysées ou dans les rues de Ginza... Vêtus d'habits richement colorés, les AE ravissent votre regard, tels les convives d'un bal masqué vénitien.

Des pétales de fleurs graphiques tournoient dans les airs comme une pluie de confettis. Lorsque vous en prenez un au creux de votre paume pour le porter à vos narines, il révèle un parfum éclatant et sensuel, à la note de tête fraîche et juvénile. Une fragrance en parfaite harmonie avec ce paysage urbain.

Fondant tel un oiseau sur le boulevard animé, vous levez les yeux. À la place du ciel, votre regard rencontre des buildings inversés qui semblent sur le point de tomber. Au centre du bloc, comme évidé, se déploie un immense parc dans lequel s'égaient des AE.

Une ville vous a-t-elle jamais offert pareil sentiment de liberté ?

Pas d'erreur possible : c'est là le centre du monde. Vous en avez l'intuition.

La lune pointe entre les gratte-ciel.

Une nouvelle annonce retentit :

« U vous offre une autre réalité.

L'AE, un autre vous.

Ici, tout est possible. »

Couchée sur le côté, la lune croissante semble dessiner un U.

« La réalité ne peut être changée. Mais U, si.

Ici, vous serez quelqu'un d'autre.

Ici, vous commencerez une nouvelle vie.
Ici, vous pourrez changer le monde... »

Soudain, une voix interrompt le fracas de la ville.

Une mélodie...

Quelqu'un s'est mis à chanter.

D'où vient cette voix ? La foule des AE scrute les environs pour en trouver la source. À votre tour, vous tendez vos longues oreilles blanches.

Son chant est à la fois grandiose et délicat, intime et puissant.

Vous vous laissez entraîner malgré vous.

— Par là ! s'écrie quelqu'un.

Tous les regards convergent en un point.

Une baleine.

Entre les gratte-ciel inversés nage paresseusement une gigantesque baleine bardée d'une multitude de haut-parleurs. À la pointe de son museau se dresse une petite silhouette, vêtue d'une robe écarlate.

La baleine projette des basses explosives par la myriade d'enceintes qui couvrent son corps.

La jeune fille juchée sur son rostre, elle, chante avec assez de coffre pour projeter sa voix par-dessus l'accompagnement.

À mieux y regarder, sa robe se compose de dahlias, de gerberas, d'anémones couronnées, d'échinacées et autres fleurs dans différentes nuances de rouge.

Avec ses longs cheveux rose pêche, surnaturels...

Ses yeux d'un bleu aussi profond que l'océan...

C'est, au sens propre, la plus belle femme du monde.

Pour couronner le tout, ses joues sont constellées de taches de rousseur.

— Belle ! C'est Belle ! s'exclament les AE en levant les yeux vers elle.

Car tel est son nom : *Belle.*

lalalaï lalalaï
Au-delà des étoiles
Quand nos cœurs se dévoilent
Et battent à l'unisson
Je t'emmène là où tu n'es jamais allé

lalalaï lalalaï
J'irai chercher ton âme
Au-delà de la lune
Si tu l'as abandonnée
Ne te détourne pas, dis-moi ton nom

Tu voudrais fuir le monde
Effacer chaque seconde
T'échapper de la ronde où plus personne ne te voit

Ferme les yeux, rejoue les images
Change les mots et tourne la page
Tout au fond de ton cœur tu peux trouver le passage

C'est comme un jeu
Entre dans la danse
Saute dans le feu, comme ça

Où tu le veux, Si tu deviens toi
Allez, debout
Rejoins la danse

C'est ici, passe de l'autre côté
La magie et la chance vont pouvoir opérer…

Perdue parmi la foule bigarrée des AE qui scandent son nom, vous fredonnez inconsciemment sa chanson. Elle tourne la tête et sourit à cette marée d'avatars qui l'acclament. L'espace d'un instant, elle semble vous fixer. Votre cœur s'emballe. Un regard suffit à vous aimanter. Vous ne pouvez plus la quitter des yeux.

Vous venez à peine de la croiser, pourtant vous voilà déjà captive.

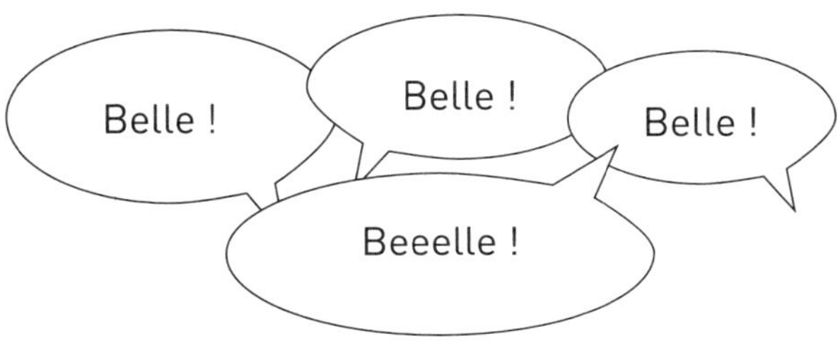

Les mains jointes devant la poitrine, la cantatrice écarte les bras d'un geste ample.

Des fleurs graphiques jaillissent alors d'elle pour pleuvoir sur la ville, tandis que la baleine qui la porte poursuit sa nage nonchalante.

Belle chante à pleins poumons, comme pour célébrer chaque personne, chaque événement, chaque vie.

Belle… Qui peut-elle bien être ?

Suzu

Repoussant la fine couette, je me redresse d'un bond et prends une profonde inspiration.

J'ai bien failli me cogner la tête. Dans cette chambre, nichée dans le grenier miteux d'une vieille maison de campagne, les poutres du plafond se trouvent juste au-dessus de mon lit.

Haletante, je reprends mon souffle.

C'est le matin. Dehors, le soleil brille, éclatant.

Je ressens encore l'ambiance de ce monde scintillant dans lequel j'évoluais un instant plus tôt. La main tendue en direction de ses vestiges, je ferme les paupières. Juchée sur le museau de la baleine, je chantais. Vêtue d'une tenue bariolée, à ma guise, sans aucun complexe, je chantais…

Lorsque j'ouvre les yeux, j'aperçois mon smartphone posé sur les draps, l'écran éteint. Sa surface noire reflète ma silhouette. Un pyjama ringard et délavé que je porte depuis le collège. Des cheveux hirsutes et ébouriffés. Des yeux mi-clos.

Sans oublier ces taches de rousseur sur mes joues…

Quelle déprime. Je pousse un bruyant soupir, le cœur prêt à éclater.

— Suzu… ? lance mon père depuis le rez-de-chaussée. Qu'est-ce que tu as ?

La panique.

M'aurait-il entendue ? Bien sûr, cette pièce n'est pas insonorisée : il ne s'agit que de la chambre d'une banale adolescente de 17 ans. Impossible d'étouffer le moindre murmure à moins de m'enrouler dans mon futon. Ai-je élevé la voix ? Dans ce cas…

Saisie d'un remords, je sens une sueur froide me couler le long du dos.

— R-rien du tout ! bredouillé-je, à quatre pattes sur mon lit.

Que faire si, pris d'un soupçon, mon père monte à l'étage ? Non, je doute qu'il le fasse. Mais…

— Ah !

Ma main glisse sur le matelas et je m'étale, face contre terre.

Après avoir enfilé mon uniforme, je descends au rez-de-chaussée.

Nul signe de mon père. Sans doute se préparait-il à partir travailler.

J'ouvre la porte coulissante pour laisser sortir Fugue et faire entrer l'air frais du matin, avant de passer un coup de balai dans le salon et la salle à manger, où je range les magazines abandonnés sur la table. Pendant que l'eau bout, je mets des fleurs du jardin dans un vase, que je pose à côté de la photo encadrée dans la cuisine. Puis je place une infusette dans un mug et y verse de l'eau chaude. Un arôme de thé noir s'élève de la tasse. Sur la photo, aujourd'hui encore, ma mère me sourit.

Je sers à manger à Fugue qui attend patiemment dans le jardin. Vu de loin, son pelage blanc taché de brun clair lui donne des airs de chien errant qui n'aurait jamais vu l'intérieur d'une baignoire. Une blessure lui a raccourci la patte avant droite, dont l'extrémité a été sectionnée par un piège à sanglier. En équilibre précaire sur son moignon à la peau rose, il attaque sa pitance. Les gens s'apitoyaient-ils sur lui avant qu'il ne trouve refuge chez nous ? Assise dans la véranda, je l'observe tout en sirotant mon thé.

Mon père émerge du garage, un t-shirt bleu marine sur sa peau bronzée, son sac en bandoulière rempli de matériel.

— Veux-tu que je te dépose, Suzu ?

— T'inquiète, marmonné-je, les yeux rivés sur Fugue, mes lèvres collées à ma tasse.

— Et pour le dîner ?

— T'inquiète.

— D'accord... Bon, j'y vais, alors.

Je n'ai même pas besoin de le regarder pour deviner sa mine embarrassée. Le moteur de sa petite voiture à quatre roues motrices démarre. Elle part en marche arrière avant de descendre la pente. Bientôt, le crissement des pneus sur le gravier s'estompe au loin.

Depuis quand nos yeux ne se sont-ils plus croisés ? Depuis quand ne nous sommes-nous plus parlé ? Depuis combien de temps, au juste, n'avons-nous plus partagé un repas ?

Une notification retentit.

Une bulle apparaît sur l'écran de mon smartphone.

Belle est la plus jolie fille créée par le monde virtuel de U.

Toutes les langues du monde sont traduites en instantané.

Quelle chanson rare, extraordinairement unique !

Des cinq milliards d'utilisateurs, c'est elle, la plus populaire.

La voix de Belle déborde d'assurance.

Les bulles surgissent à qui mieux mieux, et, en un clin d'œil, l'espace entourant l'icône de Belle se trouve rempli.

Pourtant, je n'éprouve aucun sentiment de joie, d'accomplissement, ni même d'exaltation. Belle aura beau attirer l'attention, cela n'a aucun rapport avec moi. Portant à mes lèvres mon mug ébréché, je me retire dans ma coquille.

Une bulle en particulier se met à enfler plus que les autres – c'est dû à une fonctionnalité qui met en avant les commentaires particulièrement populaires.

De la myriade de messages postés, c'est, de loin, le plus remarqué.

Belle... qui peut-elle bien être ?

Fugue lève la tête avec un petit grognement.

Comme s'il s'inquiétait de me voir broyer du noir.

Bien que peu connue du vaste monde, la préfecture de Kochi, située sur l'île de Shikoku, peut s'enorgueillir de ses imposantes chaînes de montagnes escarpées, des magnifiques cours d'eau limpide qui jaillissent dans ses vallées encaissées et de son climat tropical. Autre motif de fierté : elle a produit, voilà plus de cent cinquante ans, un nombre non négligeable de personnalités ayant réformé de façon spectaculaire la société japonaise, jusque-là féodale. Elle bénéficie d'une durée d'ensoleillement inégalée à travers le pays. Sa consommation d'alcool par habitant demeure sans égale, elle aussi. Sans doute est-ce pour cette raison que l'on prête à sa population un caractère enjoué et agréable... Mais parmi ces joyeux drilles, il en est d'un naturel plus sombre, qui gardent la tête constamment baissée.

Comme moi, par exemple.

J'habite une maison nichée dans un hameau d'une trentaine de foyers, posée à flanc de montagne. Devant nous coule la rivière Niyodo, enjambée par un pont-gué – un édifice submersible, sans parapet, conçu pour résister aux crues. Je le parcours tous les jours, à condition qu'il ne soit pas submergé, bien sûr. Aujourd'hui, les eaux de la Niyodo sont d'un bleu paisible.

Parfois, des touristes viennent en voiture de location pour mitrailler la vue depuis le pont, avec des « Waouh, magnifique ! » et autres « Elle est vraiment bleue ! », « Quel ravissant village ! » disent-ils encore en prenant la pose. Ils ne connaissent pas la vérité sur cette région.

Mon cartable calé sous le bras, je dévale l'escalier de pierre avant de faire retentir mes mocassins sur la pente raide. La vieille voisine avait l'habitude de me saluer d'un « Bonjour, ma petite Suzu » ou de me souhaiter « Bon courage pour l'école » tout en balayant son seuil. Mais c'est fini. Nombre de maisons gardent leurs volets hermétiquement clos, à présent. Leurs occupants sont morts ou ont déménagé en centre-ville, et les habitants se font de moins en moins nombreux. Il en va de même pour les autres hameaux du bassin de la Niyodo. On dit même que ce n'est pas loin d'ici qu'un sociologue a, pour la première fois, employé le terme de « village marginal », au début des années 1990. Petite, déjà, j'entendais souvent les adultes remarquer que la population avait effroyablement diminué, comparée à celle du village dans son âge d'or. Ici, plus vite qu'ailleurs dans le pays, la natalité a décliné, nous plaçant aux avant-postes de la post-transition démographique. Implacable réalité.

La pente que j'ai gravie débouche sur une route nationale, où m'attend un arrêt de bus. Le panneau rouillé indique les horaires du premier et du dernier passage, rien de plus. Que je manque mon bus, et je serai irrémédiablement en retard.

Il arrive quelques instants plus tard. Je prends ma place habituelle, à l'arrière. Pas un chat à l'intérieur du véhicule. Les arrêts défilent. Personne ne monte. Ballottée par les mouvements du bus, je contemple d'un air absent le panneau d'affichage accroché près du siège du conducteur.

« Cette ligne de bus sera mise hors service fin septembre. »

Je réside dans un lieu bientôt déserté de tous. Je me tiens debout au bord d'une falaise à pic assaillie par les flots. Je me sens coincée au bout du monde, sans la moindre échappatoire.

Débarquant du bus, je franchis le guichet de la gare d'Ino pour prendre le vapeur déjà à quai. (Car, oui, à Kochi, on appelle encore les trains des « vapeur ». Même s'ils roulent au diesel, pour être précise.) La lumière matinale qui filtre dans le wagon quasiment vide oscille au fil des secousses. À chaque arrêt, des lycéens et collégiens portant les uniformes d'autres établissements s'engouffrent à leur tour dans la rame. Plus on approche du centre-ville, moins la lumière se reflète sur le plancher, jusqu'à ce que les deux wagons se trouvent bondés. Une annonce résonne dans l'habitacle : me voilà arrivée à ma station.

Sur le chemin du lycée, je retrouve une foule d'élèves vêtus du même uniforme. Ensemble, ils gravissent la pente douce. Ici, je suis une lycéenne parmi les autres. Ce constat m'apporte beaucoup de réconfort.

Le soleil estival brille, éblouissant.

Mais revenons à l'automne dernier.

Dans la cour, devant l'arbre central, la fanfare jouait. Les élèves s'étaient rassemblés en nombre pour l'écouter.

La fanfare a toujours été très populaire. Car ils ne se contentent pas de jouer : chacun de ses membres défile au rythme de la musique, dans une danse énergique et pleine d'entrain. Chaque instrument retentit en parfaite synchronisation avec les pas, sans qu'il y ait jamais le moindre couac.

Avec mon amie Hiro (Hiroka Betsuyaku, de son nom complet), j'écoutais depuis le balcon, au premier étage du gymnase.

Alors que le premier morceau prenait fin et que le deuxième commençait, une belle jeune fille s'avança, mince et élancée, un saxophone alto à la main. Parfaitement concentrée, elle interpréta un solo tout en se trémoussant avec grâce, ses cheveux ondulés portés par la brise.

— Qu'est-ce qu'elle est mignonne..., laissai-je échapper, fascinée par la beauté pleine de vie de Luka Watanabe.

Plus loin sur le balcon, un groupe de filles discutait avec animation.

— Cette Luka, c'est vraiment la princesse du lycée !

— Avec ses fines et longues jambes...

— Même vêtue de son uniforme, on dirait un mannequin.

— Tellement...

Elles acquiescèrent à qui mieux mieux.

— La jalousie des courtes sur pattes, c'est quelque chose..., glissa Hiro à voix basse tout en feuilletant son livre.

Les commères, elles, poursuivaient leur conversation :

— Luka est une meneuse-née, pas vrai ?

— C'est parce qu'elle attire les autres, comme le Soleil.

Hiro fronça les sourcils derrière ses lunettes à monture métallique.

— Ça me gonfle, tout ça. Toi, au moins, tu ne risques rien : tu serais plutôt la face cachée de la Lune.

— Hein ?!

Prise de court par cette attaque sournoise, je tournai vers elle un visage ébahi.

— D-dis donc, Hiro !

— Hmm ?

— Tu pourrais au moins m'épargner tes remarques acides...

— Acide ? Moi ?

Au même instant, une voix de stentor retentit dans la cour, interrompant le concert.

— Qui veut s'inscrire au club de canoë ?

Tous se retournèrent.

— C'est Kamishin !

— Kamishin est arrivé !

L'intéressé – Shinjirô Chikami, de son nom complet – lançait son appel à la cantonade, une pagaie à la main et une bannière « CANOË » dans le dos. On aurait dit un fantassin s'aventurant en territoire ennemi.

— Toi, là, le terminale. Tu ne veux pas rejoindre le club de canoë ?

— Hein ? Lâche-moi, Kamishin !

— On n'en veut pas, de ton club !

L'importun tenta de rattraper les élèves plus âgés qui le fuyaient en riant avant de faire volte-face pour aborder un groupe de filles, cette fois.

— Et vous, ça vous dirait pas de faire du canoë ?

Ses cibles prirent la fuite à grands cris.

— Ah, toi, là ! Viens faire du canoë !

— Sauve qui peut !

Il avait beau être sérieux, la réaction de son entourage le faisait passer pour un fou – ou pour une bête sauvage qui se serait déchaînée parmi une foule de belles ingénues.

— Allez, quoi…

— Au secours !

À voir les filles détaler devant lui, j'avais presque envie de prendre la défense de ce pauvre bougre qui se démenait comme un beau diable.

— Il a créé ce club tout seul, ce n'est quand même pas rien, fis-je valoir.

— Et il en est le seul membre, rétorqua Hiro.

— Je me demande bien pourquoi.

— À ton avis ?

Elle posa les yeux sur Luka, qui continuait de jouer, visiblement tracassée par toute cette agitation.

La saxophoniste se raidit et tourna le dos à Kamishin, comme pour éviter son regard.

Un geste qui n'échappa pas à l'attention de Hiro.

Refermant son livre d'un coup sec, elle prit une mine sévère.

— Sans vouloir être acide, c'est un boulet.

Nous quittâmes le gymnase pour traverser le campus.

Club de chant choral, de biologie, de musique populaire, de danse... Il y en avait pour tous les goûts et tous les types d'activités.

En parcourant un couloir vitré, nous entendîmes un groupe de filles applaudir et manifester leur enthousiasme.

À l'extérieur, sur le terrain, se tenait un tournoi à un contre un, organisé par le club de basket afin de recruter de nouveaux membres. Lancée pour la prochaine mise en jeu, la balle fut rattrapée d'une main sûre par un jeune homme vêtu d'un sweat à capuche.

— Ah...

Je reconnus Shinobu.

La partie commença.

Dribblant lentement, Shinobu Hisatake évaluait la situation.

Légèrement accroupi, son adversaire – un élève d'une classe supérieure – tendait les bras pour parer à un tir en suspension. Shinobu tenta de le dépasser à l'aide d'un dribble bas avant de reculer, heurté à une garde solide.

Puis, contre toute attente, il tenta un tir en suspension.

Quelle rapidité !

Le défenseur avait eu beau lever précipitamment les mains, les doigts en étoile, il n'avait pu contrer l'assaut à temps. L'attaque précédente n'était qu'une feinte. La balle dessina un arc de cercle impeccable pour aller traverser l'anneau. Panier.

Les élèves alignées le long du couloir du deuxième étage applaudirent à tout rompre. Shinobu, lui, n'esquissa même pas un sourire. C'est justement cette froideur qui faisait son succès auprès des filles.

Le temps que les acclamations s'estompent, le match suivant avait déjà commencé. Calculant ses gestes, Shinobu dribblait bas, comme pour dépasser la défense de son adversaire. Comme pour le mettre au défi de le battre. Débordant en un clin d'œil l'aîné qui lui faisait face, il se fendit d'un double-pas parfaitement exécuté. La balle traversa le panier avec un bruit des plus satisfaisants.

Les applaudissements des spectatrices se répercutèrent de plus belle dans l'enceinte de la cour.

— Jamais je n'aurais cru que Shinobu deviendrait aussi grand, dis-je comme pour moi-même.

— Vous avez grandi ensemble, c'est bien ça ? s'enquit Hiro.

— Exact. À vrai dire, il m'a même demandée en mariage, un jour.

— Sérieux ? Comment il te l'a dit ?

— « Suzu, laisse-moi te protéger. »

— C'était quand ?

— On avait 6 ans.

— Mais c'est une vieille histoire ! soupira Hiro, abasourdie.

Nouveau panier.

Le match terminé, Shinobu quitta le terrain en compagnie de son adversaire, sans un sourire malgré les applaudissements.

Shinobu, mon ami d'enfance.

Il n'est déjà plus à ma portée.

En rentrant du lycée, je traversai le pont d'un pas lourd.

Shinobu et moi avions grandi ensemble de la maternelle jusqu'aux premières années de la primaire. Après quoi, il avait déménagé en ville, et nous nous étions perdus de vue, avant de nous retrouver au lycée. Mais les choses avaient changé entre nous.

À l'époque, jamais je n'aurais cru devenir la jeune fille renfermée sur elle-même que je suis à présent. Mais il y a une raison à cette transformation.

Je contemplai le cours paisible de la rivière Niyodo.

Oui, c'est une vieille histoire…

Un oiseau blanc rasa la surface du cours d'eau.

Souvenirs

— Maman !

Elle se retourna à mon appel.

— Qu'y a-t-il, Suzu ?

C'était il y a onze ans. La maison était encore neuve. Il n'y avait pas de garage, et le jardin était parsemé de fleurs en pot.

— Je veux pas me couper mes cheveux.

Cette annonce faite, je dévalai la pente devant la maison. Maman descendit l'escalier de l'autre côté et fit le tour pour m'attendre, les mains sur les hanches.

— J'me les couperai jamais, na ! décrétai-je en détalant dans la direction opposée.

Mais elle eut vite fait de me rattraper pour me faire asseoir sur le banc du jardin, une cape de coiffeur autour du cou. Je détestais l'entendre dire que je serais « plus mignonne » comme ça. Je détestais sentir les picotements dans ma nuque après la coupe. Les jambes ballantes, je faisais ouvertement la moue. Sans s'en préoccuper, maman brandit les ciseaux et trancha mes mèches à grands coups. Court, au-dessus des épaules. Afin que je sois « prête pour la grande école ». Quant à ma frange, elle la raccourcit juste au-dessus des sourcils. Même après la rentrée, la nuque allait me gratter un petit moment.

On jouait souvent, maman et moi.

Le soir, sur les rives de la Niyodo, on jouait à la bagarre. Je la poussais de toutes mes forces et elle roulait par terre.

— J'ai gagné ! m'esclaffais-je, extatique.

Elle riait aussi. Je lui demandais pourquoi.

— Tu devrais pas pleurer, plutôt ? disait-elle en secouant la tête. Je suis heureuse de voir comme tu es devenue forte.

Étendu dans l'herbe, papa contemplait la scène avec le sourire.

Maman préparait souvent des *shio-tataki*, salant légèrement les pièces de bonite avant de les piquer sur des brochettes métalliques pour les passer directement à la flamme de la gazinière. Depuis ma chaise, je la regardais faire, captivée. La graisse qui suintait devait être épongée à l'aide de papier sulfurisé afin de ne pas salir la cuisinière. Une fois la surface grillée, elle passait le poisson sous un filet d'eau glacée avant de l'égoutter. Maman avait pour habitude de couper des tranches exceptionnellement épaisses, si bien que, petite, j'avais du mal à les tenir avec mes baguettes, sans parler de les faire entrer dans ma bouche. Un mug à la main, elle me regardait me débattre avec la nourriture en attendant le retour de papa. Alors encore salarié dans une entreprise, il partait tous les jours travailler en ville, une cravate autour du cou.

Peut-être est-ce pour cela qu'il y avait plus d'argent à la maison, à cette époque. Maman venait de s'acheter un smartphone dernier cri. Bien décidée à tester les capacités de l'appareil photo, je m'étais hissée sur les genoux de papa pour pointer l'objectif sur maman. Après m'être fait aider pour bien cadrer la photo, j'avais appuyé sur le bouton de prise de vue. Vêtue d'une robe blanche, le sourire aux lèvres, maman était magnifique. J'ai imprimé la photo. Aujourd'hui encore, elle est exposée dans la maison.

J'étais alors une enfant pleine de vie, qui courait partout. Je préférais jouer dehors plutôt que rester à l'intérieur. Que je trouve un arbre et j'y grimpais, que je trouve une feuille et je tirais dessus, que je trouve un insecte et je lui donnais la chasse. Jamais je ne bronzais, pourtant. Sans doute un caprice de la nature : mon visage avait plutôt tendance à se consteller de taches de rousseur. Mes genoux, eux, étaient couverts de cicatrices. Que ce fût dans les bois, sur les rives de la Niyodo ou sur la route en pente devant la maison, je passais mon temps à trébucher. Maman se précipitait, paniquée, pour me serrer contre elle tandis que je pleurais. La douleur s'envolait alors, comme par enchantement. Quelle période heureuse… Je ne saurais dire combien de fois c'est arrivé parce que je courais en tous sens, ou parce que je voulais que maman me prenne dans ses bras. Chaque fois, elle accourait, inquiète, comme si sa fille était le centre du monde.

C'était tous les jours les vacances. Je jouais dans les pattes de maman tandis qu'elle faisait la lessive et le ménage. Après le déjeuner, nous ouvrions les portes coulissantes du salon traditionnel et déroulions nos futons d'été sur les tatamis pour faire la sieste ensemble, tandis que la fumée s'élevait doucement des serpentins d'encens antimoustiques. Lorsque je me réveillais, maman n'était en général déjà plus à mes côtés, partie vaquer à ses tâches ménagères. Aussi loin que je me souvienne, jamais je ne l'ai entendue me dire qu'elle était occupée. Quelle que fût l'heure, elle était toujours là pour prendre soin de moi.

Notre maison étant située en pleine montagne, il était rare que nous sortions manger au restaurant ; qu'importe, maman nous préparait toutes sortes de plats. Un jour, par exemple, je lui dis vouloir manger du *yakitori*, comme j'en avais vu dans un livre d'images, alors que je n'en avais encore jamais goûté. Une à une, elle piqua les pièces de poulet sur des brochettes pour les faire griller. C'était la première fois de ma vie que je voyais, de mes propres yeux, du *yakitori*. Ne sachant pas comment il fallait le manger, j'avais du mal à détacher la viande des brochettes. Mes parents me regardaient faire, comme s'ils ne voulaient surtout pas manquer la moindre expérience nouvelle vécue par leur enfant.

En raison de notre situation, notre lieu de prédilection pour les sorties n'était pas le parc d'attractions ni le centre commercial, mais le terrain de camping situé plus haut dans la montagne, non loin de la maison. Lors des beaux jours, maman et moi mettions de grands chapeaux et franchissions le pont submersible, pendant que papa transportait tout le matériel.

L'étang de cristal serti au fond de la vallée de Yasui était d'un bleu si extraordinaire que même nous, qui habitions à proximité, en avions le souffle coupé. L'eau y était si claire que chacun pouvait voir son ombre se projeter distinctement sur le lit de la rivière – spectacle un peu effrayant, qui vous donnait l'impression de flotter dans l'espace. Maman était une nageuse hors pair : enfant, elle passait ses étés dans l'eau, « comme un kappa », se vantait-elle. La rivière n'avait pas de secrets pour elle. Pour autant, elle n'allait jamais nager dans les coins dangereux, les mauvais jours, et ne laissait personne prendre le moindre risque. Tournant autour de moi pendant que je faisais la planche, elle plongeait sous la surface pour m'impressionner. *Maman, ne pars pas !* lui lançais-je, inquiète, tout en m'agrippant à ma bouée. Mais elle continuait d'onduler dans l'eau bleue, comme si elle ne m'entendait pas.

Un soir, en tripotant son smartphone, je découvris une application étrange. Une rangée de lignes blanches et noires horizontales apparut à l'ouverture.

— C'est quoi ? demandai-je à mon père assis à côté de moi.

Après y avoir jeté un coup d'œil, il tourna la tête et appela maman, qui préparait le dîner.

Après le repas, maman fit basculer l'écran de son smartphone en mode paysage. Je reconnus alors le dessin d'un clavier de piano. Sur ses encouragements, j'appuyai sur une touche. Un *do* retentit.

— Ça sonne ! dis-je en la regardant.

— Ça sonne, confirma-t-elle en me rendant mon regard.

Il s'agissait d'une application de production musicale, téléchargée pour son usage personnel.

Je posai alors un regard neuf sur le contenu de sa chambre. Les étagères croulaient sous les vieux vinyles, cassettes et CD. Lorsqu'on les plaçait sur les platines adéquates et qu'on allumait l'amplificateur, la musique sortait de haut-parleurs situés de part et d'autre de la pièce. Sa collection répertoriait avec soin les chefs-d'œuvre du classique, du jazz et du rock à travers les âges. À l'époque, je n'avais pas la moindre idée de la valeur ni de l'importance que revêtait une telle sélection, entassée dans une chambre au cœur d'une petite maison perdue au bout du monde.

C'est dans cette pièce que j'explorais l'application musicale, pressant les touches les unes après les autres. Lorsque je repassais l'enregistrement, les notes résonnaient dans l'ordre où je les avais jouées. J'avais beau tenter les gammes les plus folles, le logiciel les restituait. J'en sautais de joie sur ma chaise. Maman riait, elle aussi. La chaude lumière de la lampe à incandescence nous inondait toutes les deux.

À partir de là, je me passionnai pour cette appli. Je passais mon temps sur le smartphone de maman, matin, midi et soir. L'interface, intuitive, était simple d'utilisation. Certes, elle n'était pas conçue pour les enfants, si bien qu'elle regorgeait de mots que je ne pouvais lire et de fonctionnalités qui me dépassaient. Mais peu importe – j'étais mordue, captivée par cette expérience nouvelle et exaltante : la composition. Je créai plusieurs morceaux, que je présentai à maman en avant-première. Elle avait toujours de petits conseils à me donner après les avoir écoutés : en faisant ci, ce serait encore mieux, ou l'astuce, ce serait de faire ça. Parfois, elle sortait quelques disques de sa collection, qu'elle me faisait écouter, à titre de références. Elle avait beau ne pas être une professionnelle de la musique, ses conseils étaient, quand j'y repense, toujours avisés. Une fois, alors que nous échangions comme nous en avions l'habitude et qu'elle écoutait une de mes créations, elle laissa échapper un petit « ah », comme frappée d'une révélation, avant de fredonner elle-même la mélodie.

— Alors ? lui demandai-je.

— Pas mal, répondit-elle, comme si elle redoutait de me voir me décourager. Tu as agencé les sons de façon inhabituelle. Je craignais que le résultat ne soit un échec, que tout ton travail ait été en vain. Mais à mesure que le morceau prend forme, tout semble se mettre en place de façon naturelle et mystérieuse.

J'aurais pu danser sur place, ivre de bonheur. Elle avait beau dire qu'elle n'était sans doute pas objective en tant que mère, j'étais folle de joie. Car, en ce qui me concerne, j'avais composé ce morceau pour nul autre qu'elle. Le seul fait qu'elle l'écoutât suffisait à mon bonheur. Elle entonna la mélodie que j'avais composée pour elle, chantant d'une voix douce tout en battant la mesure de sa main droite. Maman faisait partie d'une chorale avec certains de ses amis ; sa voix claire et pleine d'assurance sublimait mon étrange création. Emportée par l'enthousiasme, je me mis à chanter en chœur avec elle, même si je n'avais pas son talent.

C'est ici que s'arrêtent, brutalement, les souvenirs des jours heureux passés avec ma mère.

Bientôt vint ce funeste mois d'août.

Après cela, ce ne fut plus que douleur et tristesse.

La voix d'une fillette en pleurs résonnait depuis la rivière.

Elle était restée toute seule sur un banc de sable.

Quel âge avait-elle… 4, 5 ans ? Elle semblait plus petite que moi, en tout cas.

Quelques instants plus tôt, encore, le soleil était au beau fixe, mais en un clin d'œil, le ciel bleu s'était assombri. La rivière, auparavant si belle et paisible, grondait à présent avec fureur. Troubles, gonflés et chargés de bois flotté, ses flots laissaient deviner les fortes pluies qui devaient tomber en amont.

Avant ce brusque changement, un groupe de personnes faisait la fête sur la rive opposée. Elles se trouvaient à présent de notre côté et observaient la fillette avec stupéfaction. Leurs vêtements de plein air colorés ne laissaient aucun doute : elles n'étaient pas du coin et devaient venir de la ville. Même la fillette portait une tenue de couleur vive comme je n'en avais jamais vu. Comment ces citadins avaient-ils pu la perdre des yeux avec des habits aussi chamarrés ? Comment avaient-ils pu revenir sur la berge en oubliant sa présence ?

Toutes les personnes venues s'amuser au bord de la rivière, qu'il s'agisse de groupes d'amis, de familles, de pêcheurs ou de kayakistes, restaient plantés là, hébétés, sans rien pouvoir faire. Difficile de leur en vouloir : les flots rugissants érigeaient un mur entre eux et la fillette. Tous savaient que ce ne serait pas une mince affaire de la sauver. Un adulte passait un appel depuis son téléphone portable. Mais tous voyaient bien que le banc de sable sur lequel elle se trouvait se réduisait peu à peu. Tous savaient peu probable que les secours arrivent à temps. Voilà pourquoi ils restaient plantés là, incapables d'agir.

Que pouvait-on faire, à part écouter pleurer l'enfant ?

Quelqu'un, à cet instant, s'empara d'un gilet de sauvetage rouge abandonné sur un canoë. Avant de l'enfiler et de s'avancer, les yeux rivés sur la petite.

C'était ma mère.

— Maman ! m'écriai-je, paniquée, en m'agrippant à l'ourlet de sa robe.

Elle s'apprêtait à prendre un énorme risque. Évidemment, que je paniquais. Criant et tirant de toutes mes forces, je tentai de la retenir. Maman s'accroupit puis, serrant ma main entre les siennes, me glissa quelques mots à l'oreille. Je ne me rappelle pas ses paroles. Peut-être que, toute à ma panique, je n'avais pas réussi à saisir ce qu'elle me disait.

Maman se releva, tentant d'échapper à mes supplications, et se mit à courir tout en bouclant son gilet de sauvetage. Lancée à sa poursuite, je trébuchai sur une pierre et m'étalai par terre. Je me redressai malgré tout pour lui crier :

— N'y va pas !

Je doute qu'elle m'ait entendue. Remontant la rive pour évaluer la position de la fillette, elle entra dans l'eau et se laissa porter par le courant pour aller la secourir.

Une fine pluie se mit à tomber.

Combien de temps cela avait-il duré ? Soudain, il y eut de l'agitation. On sortit la fillette indemne de la rivière. Les adultes la hissèrent sur la berge, trempée et indolente. J'observais fixement la scène sous la pluie battante. On se précipitait en tous sens. Des cris de joie se mêlaient aux exclamations larmoyantes.

— Tu vas bien ? Ouvre les yeux ! Quel soulagement ! Une chance qu'elle ait été sauvée…

L'enfant portait un gilet de sauvetage rouge – celui-là même qu'avait revêtu maman.

Je compris aussitôt ce qui venait de se passer.

Pas de trace de ma mère.

— Maman… Maman… !

Où était-elle ? Je la cherchai de toute part.

Elle demeurait introuvable.

— Maman… !

Une sirène d'ambulance retentit au loin. Enveloppée dans une couverture, la fillette passa de main en main tandis que les adultes quittaient les abords de la rivière.

Tous étaient trop occupés pour remarquer que ma mère avait disparu.

— Maman !

Seule, je continuai de l'appeler à pleins poumons. Encore et encore. Et encore. Sans relâche...

La suite, je ne m'en souviens pas très bien.

Même lorsque j'appris qu'on avait retrouvé maman loin en aval, je crus d'abord à un mensonge. Ce n'est que bien plus tard que je remarquai la fissure au bord de son mug préféré.

Mon père disposa une photo d'elle, encadrée, dans un coin de la cuisine qu'il se mit à fleurir tous les jours.

Les voisins mettaient un point d'honneur à venir nous parler lorsqu'ils nous croisaient dans la rue, à nous prêter une oreille amie, à nous encourager, les larmes aux yeux.

Pendant ce temps, sur Internet, les commentaires anonymes se multipliaient au sujet de l'accident.

Se jeter dans une rivière en crue, c'est du suicide.

Mourir pour sauver l'enfant d'un autre en laissant sa propre fille, c'est irresponsable.

D'accord, c'était peut-être une nageuse confirmée, mais on n'est pas à la piscine !

Maintenant qu'il y a eu un accident, ça va être compliqué de profiter de la rivière.

Voilà ce qui arrive quand on joue au héros.

Les auteurs de ces messages ne savaient sans doute rien de la réalité de la situation ; peut-être même avaient-ils oublié dès le lendemain les avoir écrits. Mais leurs commentaires restent gravés dans mon esprit. Une connaissance me les avait montrés d'un air indigné, peu de temps après l'accident. J'étais trop jeune pour comprendre ce que signifiaient les mots étalés devant moi. Mais à mesure que je grandis, je continuai de souffrir de la méchanceté dont ils étaient, inconsciemment ou non, porteurs. J'étais en deuil, je n'arrivais pas à accepter la disparition de ma mère. Comment aurais-je pu encaisser ces commentaires qui la rendaient responsable de tous les maux, elle qui avait sauvé une enfant ?

Sur la photo encadrée dans la cuisine, maman continuait de sourire, étrangère à ma peine.

Depuis cet accident, quelque chose avait irrémédiablement changé en moi.

Un soir, afin de renouer avec mes souvenirs heureux, je grimpai sur une chaise dans la chambre poussiéreuse de ma mère. Et entonnai la mélodie que nous avions fredonnée ensemble.

Mais à peine avais-je ouvert la bouche que l'évidence se fit jour : j'étais incapable de chanter. Ma voix restait coincée au fond de ma gorge et refusait de sortir. J'étais confuse. Quelque chose, dans mon esprit, faisait obstacle à mon chant. *Tiens ? Pourquoi je ne peux pas chanter ?* Les larmes me montèrent aux yeux.

— Maman..., murmurai-je.

Dis, maman. Pourquoi est-ce que je n'arrive plus à chanter ?

À l'évidence, si j'aimais tant chanter, si j'en éprouvais le besoin, c'était parce que maman daignait m'écouter.

Mais, objectivement, qu'est-ce que cela pouvait faire, que je n'y arrive plus ? Cela n'avait aucune espèce d'importance. Rien ni personne ne viendrait me le reprocher. La vie continuait, voilà tout.

Je poursuivis ma scolarité dans un collège local. J'étouffais dans mon uniforme.

Nombre de mes camarades de primaire, eux, avaient fait le choix de la ville ; il ne restait même pas la moitié d'entre nous, si bien qu'on dut nous répartir dans des classes à double niveau.

Les répétitions de la chorale rassemblaient l'établissement entier, accompagné par le sous-directeur – treize élèves au total. Dans un groupe aussi restreint, il ne fallut pas longtemps pour qu'on découvre que je me contentais de faire du playback.

— Pourquoi tu ne chantes pas ? me demanda-t-on, en vain.

Contrairement à mes attentes, personne ne se mit en colère. Je fus autorisée à rester simple auditrice, et dès la répétition suivante, je pris l'habitude de m'asseoir seule, dans un coin, pour écouter les autres. Sans doute passais-je pour une jeune fille apathique et mutique.

En mon for intérieur, pourtant, tourbillonnaient une foule de pensées que je ne pouvais expliquer ni formuler avec des mots. De retour à la maison, je ne résistai pas à l'envie d'entrer dans la chambre de ma mère. La lumière du crépuscule pénétrait, éclatante, par la fenêtre. Sur la table étaient empilés des cartons contenant de la vaisselle et des appareils électroménagers inutilisés. La pièce servait à présent de débarras. Les années avaient passé depuis ce jour funeste. L'eau avait coulé sous les ponts.

Un à un, j'écoutai les disques alignés sur les étagères, dans l'ordre où ils étaient rangés. Des jours et des jours durant, sans relâche. Le seul fait de les écouter m'aida, tant bien que mal, à apaiser les émotions qui me tourmentaient.

Un jour, cependant, arriva le moment où je crus ne plus pouvoir les supporter. De retour après les cours, j'entrai dans la chambre de ma mère, m'assis devant le piano électronique, ouvris précipitamment un bloc-notes et commençai à écrire furieusement afin de déverser toutes ces choses incompréhensibles qui m'encombraient le cœur. Sinon, j'allais suffoquer. Tournant la page, je remplis le verso jusqu'au bord.

Pourquoi maman m'a-t-elle laissée sur la rive ? Pourquoi a-t-elle choisi de sauver une inconnue, plutôt que de vivre avec moi ? Pourquoi suis-je toute seule ? Pourquoi, pourquoi, pourquoi…

Accolant papiers volants et notes adhésives, je rédigeai une interminable litanie, composai une longue suite d'envolées lyriques. Lorsque mots et notes vinrent à manquer, je passai au dessin, dans une espèce de vortex protéiforme. Il y avait comme des tourbillons flottant à la surface de la rivière, des trous noirs qui engloutissaient tout, des trous béants au sommet de mon crâne. Le sol de la pièce était jonché de fragments de papier, couverts de paroles, d'images et de phrases musicales.

Puis, soudain…

Revenant à moi, je cessai d'écrire, frappée par l'inutilité, l'absurdité, la laideur et l'impuissance de tous ces mots, croquis et notes de musique que je venais de griffonner.

Qu'essayais-je d'accomplir ? La lassitude m'envahit.

Je déchirai les feuillets en mille morceaux, jetai sans hésiter tout ce que j'avais écrit dans une vieille corbeille en acier. Un monceau de confettis, parfaite incarnation du flot de pensées que je venais de vomir.

Vint l'entrée au lycée.

J'étais de plus en plus convaincue de ne pas avoir la moindre valeur. La cravate de mon uniforme achevait de m'étouffer alors que je traversais le pont-gué pour aller en cours.

J'avais réussi le concours d'entrée pour intégrer un collège-lycée situé en centre-ville. C'est là que je retrouvai mon ami d'enfance.

— Suzu ?

— Shinobu…

De taille élancée, d'allure éblouissante, le lycéen n'avait plus rien à voir avec l'écolier. De mon côté, il me semblait n'avoir pas grandi d'un pouce depuis cette époque, et j'étais bien trop gênée pour lui adresser la parole. Qu'avais-je fait pendant tout ce temps ?

J'eus beau commencer une nouvelle vie et faire la navette entre la montagne et la ville, je n'arrivais pas à me concentrer sur mes études. Bien que j'aie réussi le concours d'entrée, voilà que je passais les cours le regard perdu au-dehors, par la fenêtre. Ça n'allait pas du tout, et je le savais.

Je n'intégrai aucun club. Nous étions une minorité à faire ce choix.

Sur le chemin du retour, je voyais les autres élèves se livrer à leurs activités. L'équipe d'athlétisme sautait les haies d'entraînement, en rang dans la cour. Les volleyeurs faisaient des tours de terrain pour s'échauffer. Dans le couloir, le percussionniste de la fanfare frappait l'air de ses baguettes, l'oreille reliée à son métronome. Dans le dojo, les pratiquants de naginata se saluaient, le dos bien droit, avant de commencer l'exercice. Soigneusement alignées, les nouvelles recrues de l'équipe de base-ball, à qui on n'avait pas encore attribué de numéro, regardaient avidement leurs aînés s'entraîner.

N'ayant ma place nulle part, je quittai l'établissement d'un pas vif.

L'hiver était déjà là.

Le centre-ville est traversé d'est en ouest par le fleuve Kagami. « Miroir », en japonais. Un cours d'eau qui porte bien son nom : il est assez paisible pour refléter la tour de la télévision érigée sur la rive opposée. Alors que j'empruntais une rue proche pour rejoindre la gare, un éclat de rire retentit. Hilares, les filles du club de musique populaire passèrent devant moi d'un pas léger, leurs étuis d'instruments sur le dos. Une adorable peluche de chat se balançait au cartable de l'une d'entre elles. La mascotte accrochée au mien n'était autre que Monsieur Tristoune, un petit œuf doté de pieds et de mains qui s'appuie contre le mur pour encaisser les coups durs. À en juger par sa coquille fissurée, il a dû en baver. Inutile de préciser qu'il n'a rien de mignon, lui.

— Je peux pas ! Stop !

Dans le couloir sombre et étroit, je tentai de résister.

— Allez, quoi !

On m'entraîna malgré moi dans une pièce. Une porte insonorisée claqua derrière moi.

— Ah !

Je me trouvai dans l'habitacle bigarré d'un box de karaoké, éclairé de spots roses et violets qui tournoyaient, hypnotiques. L'endroit empestait l'encens. On m'avait annoncé une simple soirée entre filles, mais en voyant mes camarades chahuter en secouant la tête de-ci de-là, juchées sur les canapés, je dus me rendre à l'évidence : toute cette adrénaline, c'était trop pour moi.

— Peggy Sue est trop mignonne !

— Ouais, cet AE fait un carton dans U !

À l'écran monté sur le mur, une jeune femme chantait, vêtue d'une robe en latex noire. Une beauté excentrique à la crinière d'argent, aux lèvres peintes de violet et aux paupières fardées de rouge.

« Peggy Sue » ? « You » ? Un « AE » ? Qui « cartonne » ? Je ne comprenais rien à rien. Comme si je venais de basculer dans un monde parallèle. Soudain…

— Tiens !

On me tendit un micro. Comme pour me dire : chante.

— Hm ?

J'étais perdue. Je n'avais même pas ôté mon manteau ni mon écharpe. Et pourtant...

— Prends !

Le micro était toujours pointé sur moi. Pourquoi me le tendre, à moi, la recluse de la classe ?

— Tu chantes avec nous ?

— Allez, quoi, chante !

Les ombres des filles brandissaient des micros, elles aussi. Qu'est-ce que c'était que ce délire ?

— Tu ne veux pas le faire toute seule, c'est ça ?

— Mais tu sais chanter, avoue !

C'était donc un test ?

Des dizaines de micros se pressèrent sous mon nez avec insistance.

— Euh, euuuhhh...

« Arrêtez, ça fait mal ! » avais-je envie de dire, mais les mots ne sortaient pas.

— Chante.

— S'il te plaît ?

— Allez...

Toutes ces voix prenaient des échos menaçants.

— On te dit de chanter.

— Chante !

— Mais chante !

Aaaaaaahh !

Je hurlai malgré moi.

Envoyant valser la forêt de micros qui retombèrent au sol et volèrent en tous sens.

Les filles qui dansaient sur le canapé me regardèrent, ébahies. Un silence de mort s'abattit sur la pièce.

— Qu'est-ce qui te prend, Suzu ?

Micros et ombres s'évanouirent comme un mirage.

— R-rien. Désolée. Je suis juste un peu...

Sans même finir ma phrase, je poussai de toutes mes forces la porte du karaoké pour m'éclipser.

Peut-être la rumeur s'était-elle répandue que je ne savais pas chanter.

Lorsque je descendis du bus, une neige poudreuse dansait dans l'air.

La pente à partir de l'arrêt de bus était glissante. Même à Kochi, qu'on soit en ville ou dans la montagne, la neige n'était pas rare, en hiver.

En traversant le pont-gué, j'entendis un craquement : une fine couche de glace recouvrait la surface de l'édifice en béton.

Quel froid...

De nature indécise, je n'avais pas assez d'aisance pour m'intégrer aux autres. Autrement dit, je n'avais pas la force, la résolution ni l'état d'esprit nécessaires pour rester seule.

Mais ce n'était pas par caprice. Cette rumeur selon laquelle je ne savais pas chanter n'était qu'un mensonge. Simplement, j'avais toujours manqué de confiance en moi. Je ne demandais qu'à m'entendre avec tout le monde. C'était la vérité. Je le savais. Bien sûr, que je le savais. Voilà pourquoi...

— Ah... ah...

Debout au milieu du pont, spontanément, je laissai résonner ma voix.

— Aaah... ah... aaaah...

Je pris une inspiration. L'air froid m'emplit la gorge. Malgré tout, je chantai en direction de la rivière.

— Ah... Ah... aaaaaaaah... ah...

Chanter ?

Non, ce n'était pas du chant. Un croassement, tout au plus. Mon cartable glissa de mon épaule. Si je chantais, est-ce qu'on me pardonnerait ? Si je chantais, est-ce que je pourrais m'entendre avec tout le monde ? Chanter seule dans un endroit pareil ne m'avancerait à rien. C'était comme pousser un cri de désespoir juste avant d'être écrasé. Je laissai pourtant ma voix reprendre la mélodie que j'avais fredonnée avec maman. À l'époque, j'étais heureuse. Maintenant, c'était une autre histoire. Les flocons de neige tourbillonnaient, emportés par le flot de la rivière. Soudain, le noir se fit devant mes yeux.

Prise d'une violente nausée, je portai les deux mains à ma bouche.

— Ouuuuuh... !

Je m'accroupis brusquement. Impossible de retenir mes haut-le-cœur. Penchée par-dessus le bord du pont, je vomis dans l'eau claire.

Une série de rides ondulèrent à la surface des flots.

L'estomac vidé, je m'écroulai sur place.

Les cheveux en bataille, un goût de bile dans la bouche, je craquai. C'était trop dur. J'aurais voulu que tout disparaisse. Je me mis à pleurer, tremblante et gémissante. Les larmes me brûlaient les yeux et piquaient mes joues glacées. Si seulement j'avais pu disparaître ! J'étais enveloppée du bruissement des flocons de neige qui s'entassaient alentour. Alors...

Vouip.

Une notification surgit sur l'écran de mon smartphone, qui avait glissé de mon cartable. Un message de Hiro.

Suzu, regarde ça. C'est énorme, trop délire.

Suivi d'un lien : « U ».

De retour à la maison, j'ouvris mon ordinateur portable.

Frissonnant de froid, je cliquai sur le lien que m'avait envoyé Hiro.

Précédée d'un ronflement enflant comme une vague, une lettre apparut sur l'écran tout noir : U.

— U... ?

La lumière du moniteur éclaira mon visage et son air encore nauséeux.

Une page apparut, intitulée « Invitation », sur laquelle se déroulait le message suivant :

« U est une autre réalité.
L'AE, un autre vous.
On ne peut changer la réalité.
Mais dans U, tout est possible.
Ici, vous deviendrez un autre vous.
Ici, vous commencerez une nouvelle vie.
Ici, vous pourrez changer le monde... »

Oubliant le froid, je fixai l'écran.

Synchronisée avec mon smartphone posé à côté de moi, l'application se lança automatiquement.

Sur l'écran de l'ordinateur apparut un champ d'enregistrement intitulé « NOM ».

— Mon nom...

J'hésitai, prise d'un mouvement de réticence. Outrepassant ma méfiance, ma main effleura le clavier.

« S, u, z... »

Les doigts tremblants, j'ajoutai :

« ...u. »

Aussitôt, une profonde anxiété s'empara de moi. D'instinct, j'appuyai sur la touche « effacer » et refermai mon portable comme on claquerait une porte ouverte.

Tournant le dos à la machine, je poussai un soupir tremblant.

— Je me mets à côté de Luka !

L'intéressée était assise sur un banc de la cour.

Les filles se regroupèrent autour d'elle. L'année touchant presque à sa fin, elles avaient, semble-t-il, décidé de prendre une photo toutes ensemble.

— Moi aussi, je m'assieds à côté de Watanabe !

— Hein ? C'est pas juste !

— Je veux être près d'elle, moi aussi...

À l'ombre d'un pilier, je contemplai avec admiration la silhouette éblouissante de Luka. J'enviais toutes ces filles capables de se faire photographier avec elle.

— Watanabe, tourne-toi par ici. On ne bouge plus !

Suivant les instructions de l'élève responsable de l'appareil, Luka regarda devant elle. Avant de faire de grands gestes, comme prise d'une inspiration.

— Ah, Suzu !

— Hein ?

À ma grande surprise, c'était à moi qu'elle faisait signe.

— Suzu, viens sur la photo !

Toutes les participantes me regardèrent simultanément, une question inscrite sur le visage : *Pourquoi ?* Paniquée, je me cachai derrière le pilier, avant de passer une tête avec un geste de refus.

— N-non merci, ça va.

Mais Luka insista.

— Allez, dépêche-toi !

Plus tard, je reçus la photo.

Celle d'un groupe de jeunes filles faisant un V avec les doigts, Luka au centre.

Parmi elles se trouve un visage constellé de taches de rousseur – le mien. Debout juste derrière Luka, quelque peu effacée, j'imite maladroitement mes camarades, tel un fantôme.

Lorsque je tentai une nouvelle fois de m'inscrire à U, le programme me demanda une photo. Mais je n'avais aucun cliché de moi. Je ne prenais jamais la peine de faire des selfies.

Aussi utilisai-je la photo prise ce jour-là avec les filles.

Le système de reconnaissance faciale détecta tous les visages. « Où êtes-vous ? » demanda l'interface. Déplaçant le curseur, je sélectionnai la figure constellée de taches de rousseur visible derrière Luka.

« L'IA génère automatiquement votre AE… »

Une note explicative accompagnait ce message : « Dans U, l'avatar est appelé AE, pour *alter ego*. »

Alter ego. Un autre soi.

Bientôt s'afficha le rendu visuel de l'AE créé.

— Tiens… ?

L'avatar présenté était d'une beauté affolante, à des années-lumière de moi. Si elle ressemblait à quelqu'un, c'était plutôt…

— On dirait Luka ? Pourquoi…

L'IA avait-elle confondu mon image avec celle de ma camarade, située à proximité ? Plutôt négligente, cette intelligence artificielle. Mieux valait corriger ça tout de suite. Je m'apprêtai à appuyer sur le bouton de retour.

— Il y a erreur. On recommence. Annule…

Un détail, pourtant, me retint.

Sur les joues de l'AE se dessinait clairement un motif : de minuscules pois rouges.

— Des taches de rousseur...

Je portai les mains à mon visage. L'IA avait restitué ma carnation ?

— Pas possible... C'est vraiment moi ?

Passant au champ « NOM » du formulaire d'inscription, j'entrai les caractères lentement, un à un. Cette fois, je n'écrivis pas « Suzu », mais...

« B, e, l, l. »

Bell. « Clochette », en anglais – ce qui est aussi la signification du japonais « *suzu* ».

— Bell...

Mon pseudo choisi, j'éprouvai un soudain élan d'affection pour l'AE affiché devant mes yeux.

Deux boutons apparurent à l'écran : « Annuler » et « OK ». Je devais faire un choix.

— Qu'est-ce que je fais... ?

Je me dégonflais. Je n'avais pas le courage d'assumer ce magnifique AE comme mon avatar.

D'un autre côté, qu'est-ce que ça pouvait faire si elle n'avait rien à voir avec ma véritable apparence ? Le Net ne fonctionnait-il pas comme un monde parallèle ? On ne comptait plus le nombre de personnes qui usaient de pseudonymes ou d'icônes fantaisistes sur les réseaux sociaux. U était un univers numérique, les AE des personnalités virtuelles. La vie privée y était strictement protégée, l'anonymat parfaitement garanti. Alors, personne ne pourrait m'en vouloir.

— Dans ce cas..., songeai-je, avant de me reprendre.

Comment se faisait-il que l'IA de U m'ait forgé un si bel AE ? Ne fallait-il y voir que les caprices d'une génération aléatoire ? Ou l'intelligence artificielle avait-elle su lire les désirs enfouis au plus profond de mon cœur ? À moins que…

— J'arrête, ou je continue ?

Le moment était venu de me décider.

Assise devant mon ordinateur portable, dans les ténèbres de la nuit, avec pour seul éclairage ma lampe de bureau, je pris une inspiration lente et résolue.

« Ici, vous commencerez une nouvelle vie. »

Tel un refrain, le slogan de U me trottait dans la tête.

— Allez.

Je cliquai sur « OK ».

L'application chargée sur mon téléphone se lança automatiquement, comme si elle attendait ce moment. Une voix récita une annonce d'un ton calme.

— Veuillez mettre le récepteur, s'il vous plaît.

Suivant les indications, je sortis l'écouteur de son étui et l'insérai dans mon oreille.

— Lecture de vos données biométriques…

Le logo de U qui ornait le récepteur s'illumina d'un bleu chatoyant. Cette seule oreillette était capable de scanner toutes les informations caractérisant un être humain en vie… et ce, en un temps record.

— Terminé, annonça la voix.

Avant d'ajouter, en guise de confirmation :

— Lancement du partage corporel.

Un vrombissement se fit entendre, pareil à celui d'un objet tournoyant à grande vitesse. Je sentis comme une couche d'air dense m'envelopper la tête – il s'agissait d'un puissant champ magnétique déployé par le récepteur, sous l'effet duquel mes cheveux se dressèrent, comme en apesanteur.

— Tout d'abord, vos fonctions visuelles.

Je sentis le champ magnétique se concentrer à l'arrière de mon crâne.

Lentement, j'écartai les paupières.

— Aaaah… !

Une lumière blanche éblouissante envahit mon champ de vision.

De l'étoffe.

Il devait y avoir là plus d'une dizaine de mètres de tissu entassés, qui flottaient, claquant au vent.

Lorsque je regardai mon corps pour m'assurer que tout allait bien, une surprise m'attendait…

Mes pieds flottaient dans l'air.

L'annonce suivante résonna dans le vide, comme si elle venait du ciel :

— Le reste de vos facultés cognitives ainsi que les sensations générées par votre système nerveux sont à présent sous contrôle.

Quelle drôle de sensation ! J'en restai sans voix, suspendue dans cet espace irréel. La sueur commença à me couvrir de la tête aux pieds, mon cœur à battre la chamade.

— Toutes les informations qui vous lient à votre corps et vous permettent de le contrôler sont transférées à votre AE.

Je sentis une présence s'approcher lentement par-derrière.

Des cheveux roses… L'« ombre » de l'AE que je venais d'enregistrer. À ceci près qu'elle avait le visage aussi lisse et blanc qu'une assiette vide.

À ma stupéfaction, l'ombre vint se superposer à moi. La sensation d'un nouveau corps fusionnant avec le vôtre n'avait rien de plaisant. L'ombre de l'AE bougea d'avant en arrière, comme pour faire la mise au point, avant de s'ajuster bientôt à la perfection. À peine fut-elle en place que mon sentiment de malaise s'évanouit.

De l'autre côté de l'étoffe blanche, j'aperçus une grande porte immaculée.

Je m'en approchai lentement, les bras tendus.

Une annonce retentit :

— Bienvenue dans le monde de U.

Des deux mains, je poussai le battant, qui s'ouvrit à la volée.

Bam ! De l'autre côté, un paysage de gratte-ciel emplit mon champ de vision.

— Ah… !

Sur des boulevards animés en trois dimensions déambulait une foule de gens – non, pas de gens, mais d'AE –, suspendus dans les airs. Il y en avait de toutes sortes et de toutes formes : animaux et insectes, créatures marines, vases et équerres, bicyclettes, ou encore chimères, déesses et guerriers tout droit sortis de la fiction… Tous ces AE, dont l'apparence avait pour seules limites celles de l'imagination, volaient en tous sens et discutaient à pleine voix.

Lorsque je levai les yeux vers le ciel nocturne, ce ne sont pas les étoiles que je vis scintiller, mais les lumières des innombrables fenêtres criblant les façades de gratte-ciel inversés.

Une autre réalité. Un autre monde.

C'était donc ça, U ?

Une neige légère dansait dans les airs. Il faisait un peu froid.

Tendant la main pour attraper quelques flocons, je vis s'étirer deux bras blancs, aux doigts longs et fins.

Surprise par la différence avec mes sensations physiques, je baissai les yeux sur mon corps.

Un buste fin et des jambes interminables enveloppés dans une robe blanche, tel un nouveau-né…

C'était moi ?

« Ici, vous commencerez une nouvelle vie. »

Tel un refrain, je me répétais le slogan de U.

Sentant de nombreux regards posés sur moi, je fixai l'horizon.

Dans la foule, quelques AE tournaient les yeux dans ma direction. Après un coup d'œil furtif, ils s'en allèrent. « Certes, tu es un peu plus belle que la moyenne, mais on est dans U. Cela n'a rien d'inhabituel », semblaient-ils vouloir dire.

Voilà qui m'allait très bien. Personne ne me prêtait attention. Ainsi, peut-être, pourrais-je enfin accomplir ce que j'avais toujours voulu.

Levant la tête, je pris une profonde inspiration et tentai d'émettre un son, pour voir.

Cette voix était indubitablement la mienne, quoique bien plus épanouie que je ne l'aurais cru. En guise d'échauffement, je me mis à fredonner pour faire résonner ma cavité nasale. Le résultat sonnait mieux que je ne l'avais imaginé. S'agissait-il d'une compensation commode, due au fait qu'il s'agissait d'un corps virtuel ? Pourtant, le son émis ne me semblait pas du tout séparé de ma conscience. Était-ce dû à la précision du scanner biométrique ?

Quoi qu'il en soit…

— J'arrive à chanter !

Je n'en croyais pas mes oreilles.

Parmi la danse merveilleuse des flocons de neige, mon timbre se répercuta avec coffre sur les façades des gratte-ciel.

Depuis combien d'années n'avais-je plus vocalisé ainsi ? Par quelque mystère, j'étais capable de projeter ma voix comme je le désirais, en dépit de mes lacunes et du manque total de préparation. Un extraordinaire sentiment de liberté s'empara de moi, en même temps qu'une peur discrète. Comment les données biométriques enregistrées avaient-elles pu aboutir à un tel résultat ? Qu'est-ce qu'un AE, au juste ?

Mais qu'importe…

J'étais au comble du bonheur.

Pour l'heure, je décidai de m'asseoir afin d'essayer d'interpréter, pour de vrai, une chanson avec des paroles à part entière. Certes, ce serait *a cappella*, mais qu'importe.

Une chanson
Tout au fond de moi

Est-ce le souffle du vent
Qui guide mes pas ?

Mélodie, tu t'envoles
Emmène-moi

Je rêve d'un monde
Où cette mélodie
Peut tout changer

Chaque jour qui passe
Je dois vivre sans toi
J'ai peur de ne pas y arriver…

Les paroles de ma chanson se déroulaient en rubans concentriques autour de moi, traduites dans des langues diverses : gaélique, thaï, persan… Les transcriptions se superposaient. L'affichage se déclenchait-il automatiquement, indépendamment de toute configuration, lorsqu'une chanson était détectée ? J'entendis également quelques voix de synthèse doubler la chanson dans d'autres langues, quoique moins nombreuses.

— Tiens… ?

Des AE qui ne me prêtaient pas attention jusque-là se retournèrent soudain vers moi.

— Oh… ?

Les avatars déambulant entre les buildings s'arrêtèrent les uns après les autres, suspendus dans les airs, pour me regarder. Ce n'était pas mon intention ; j'essayais seulement de voir comment fonctionnait cette fameuse technique dite de partage corporel. Un nombre inattendu d'AE se rassembla malgré tout pour m'écouter. La gêne s'empara de moi à l'idée que je puisse être l'équivalent virtuel d'une musicienne de rue. Mais je ne pouvais m'arrêter en si bon chemin. Je devais aller au bout de ma chanson, ne fût-ce que pour moi. Je poursuivis donc.

Aller de l'avant
Dans la foule, dans le vent
Perdue sans savoir
Où est ta main pour me guider

Je ne comprends plus
Ce monde inconnu
Ô vent, souffle-moi
Une mélodie pour m'envoler

Dis, pourquoi ici
Les gens autour sourient encore
Ils ont l'air si heureux
Je suis seule
Et j'ai si mal

Ô dis, vais-je trouver le chemin
Sur le dos du vent

Mélodie
Emporte ma voix
Ô, je ferai tout pour arriver à vivre

Une chanson
Une mélodie

Est-ce l'amour
Qui peut tout changer ?

Des bulles commencèrent à apparaître, portant les commentaires des auditeurs.

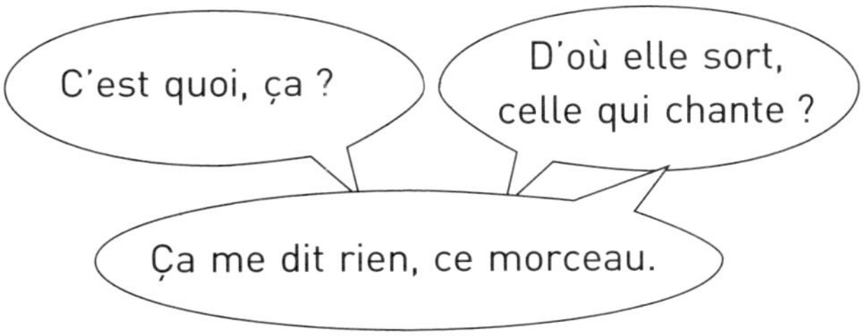

Les premiers messages demeuraient circonspects, comme s'ils évaluaient la situation.

Bientôt, cependant, les commentateurs perdirent toute réserve.

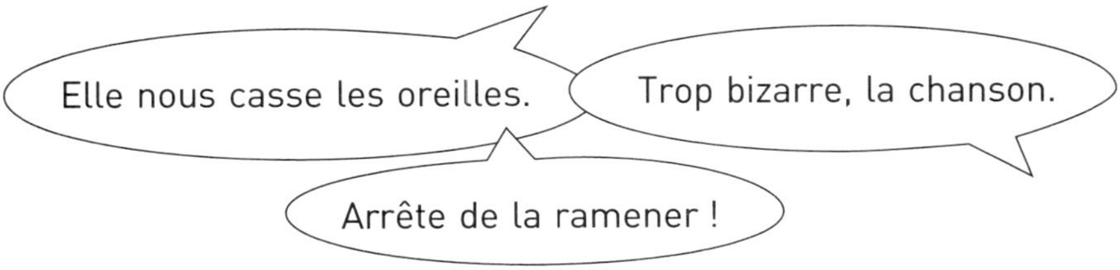

Étrangement, toutes ces piques étaient le fait d'AE à l'esthétique mignonne, dont on ne s'attendrait pas à ce qu'ils tiennent de tels propos. L'un était vêtu d'une robe rose à froufrous, l'autre avait la forme d'un petit animal, un autre encore ressemblait à un bébé serrant un ours en peluche…

Toutes sortes de murmures volaient vers moi tandis que je chantais. Qu'importe. C'était pour moi que je le faisais. Ce qui ne voulait pas dire que je n'étais pas blessée par ces critiques. J'avais beau savoir qu'elles n'émanaient que d'une minorité, c'était dur à encaisser. Sans doute cela se lisait-il sur mon visage, d'ailleurs, car ce fut bientôt l'escalade.

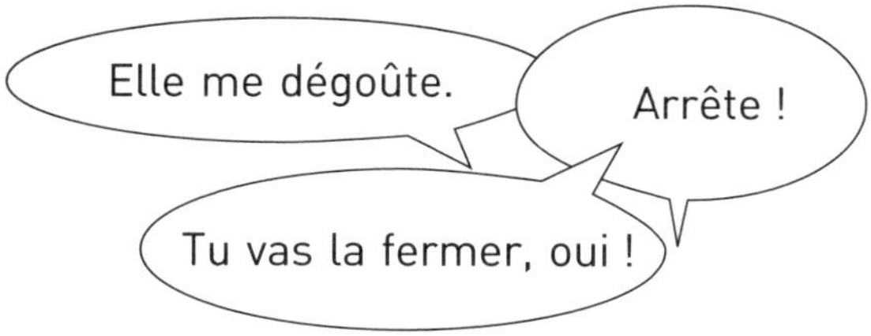

Je parvins tant bien que mal à terminer ma chanson.

Les AE chahuteurs s'éloignèrent avec force grommellements et soupirs blasés.

Je dus me contenter de les regarder se disperser, déçue.

Alors…

— Bell !

Je levai les yeux.
— Oui ?
Une créature étrange glissa vers moi.
— Euh... ? Ah !
Couverte d'écailles scintillantes, elle descendit en décrivant des cercles pour venir se poser, lentement, au creux de ma main.
C'était un drôle de petit AE, une espèce de fantôme blanc aux allures de clione, ce petit mollusque marin que l'on appelait également « ange de mer ».
À mieux y regarder, son corps était aussi translucide et délicat qu'un *warabimochi*, un de ces gâteaux gélatineux à base d'amidon. Battant doucement de ses deux ailes, il s'adressa à moi sur un ton hésitant.
— Tu es... merveilleuse. Magnifique !
Quel soulagement de l'entendre ! Je laissai échapper un petit rire.
— Je te remercie.

Lorsque je me réveillai, c'était déjà le matin.
Quand avais-je rejoint mon lit ?
La nuit précédente n'avait-elle été qu'un rêve ? Elle me laissait pourtant des impressions tellement vives... Pour le vérifier, je consultai le smartphone que je tenais dans la main.
Je m'étais bien créé un profil au nom de Bell.
Ce n'était pas un rêve.
Sous l'avatar s'affichait le nombre d'abonnés.
« Bell : 0 follower. »
Zéro.

— Pas un seul abonné…, marmonnai-je, les yeux rivés sur l'écran. Quel que soit le monde, rien ne change.

Même si ce n'était pas mon objectif, je me sentais un peu déçue.

Soudain, un bip retentit.

Devant mes yeux, le compteur passa à 1. C'était Ange, la petite clione timide. Une bulle de commentaire s'afficha. Elle était vide.

Posant mon smartphone, je m'étendis sur mon lit et repensai aux événements de la nuit. Il s'en était passé, des choses. Mais…

— Au moins, j'ai enfin pu chanter…

Plus que tout, voilà qui me mettait du baume au cœur. La lumière de ce matin d'hiver semblait plus éblouissante que jamais. Il y avait bien longtemps que je n'avais ressenti une telle fraîcheur.

Bientôt, un deuxième follower apparut : un AE nommé Eroh, un oiseau tout mignon, coiffé d'un chapeau rond.

Avec, en guise de présentation, ce simple commentaire :

C'est moi, Hiro. Suzu (Bell), tu es géniale ! Je ferai tout pour t'aider.

Métempsycose

On ne peut pas dire que l'arrivée de Bell dans U ait provoqué de grands changements par la suite. Le nombre de ses *followers* n'a pas augmenté de façon remarquable. Je reçois bien des notifications d'abonnement ici et là, mais je ne prends même pas la peine de les consulter. Je me contente de profiter d'un quotidien paisible, dénué de tout bouleversement, sans perdre de temps à me préoccuper du monde virtuel.

Arrive le printemps.

Le matin, je traverse le pont-gué. Je parviens enfin à marcher tête haute. Même la plaque à l'effigie de Monsieur Tristoune accrochée à mon cartable se balance joyeusement. J'ai les jambes si légères que j'en sautillerais presque, portée par un entrain indescriptible. C'est fou comme le seul fait de pouvoir chanter dans U a suffi à modifier mon humeur.

J'ai enfin l'impression de pouvoir devenir une lycéenne ordinaire.

Je passe en première. Je regarde attentivement le tableau, suis les cours avec une attitude positive. Pour la pause déjeuner, je retrouve Hiro avant de foncer acheter à manger dans la cafétéria bondée, où nous inspectons minutieusement les différents types de pains fourrés disponibles. De retour dans la classe, tout en mangeant, Hiro me fait part de ses impressions sur ses dernières lectures – un abrégé de l'histoire de l'humanité et de ses principaux tournants, un essai sur le conflit entre libre concurrence et égalité, un autre sur le développement de la science et les troubles psychiques, etc.

Sur le chemin du retour, je flâne toute seule en écoutant le dernier album de mon groupe préféré. Je déguste une glace à l'italienne, achetée chez un confiseur que j'avais toujours rêvé de visiter. Je m'arrête pour caresser le chat blanc qui se prélasse au soleil, devant l'église. Pour rentrer, j'emprunte les berges de la rivière, admirant le ciel au passage.

Le soir, je me délasse dans un bon bain. Puis, après avoir séché mes cheveux et enfilé mon pyjama, j'organise les notes prises pendant la journée et prépare mes affaires pour le lendemain.

Le quotidien se déroule sans incident.

Sans même que je m'en rende compte, on arrive aux premiers jours de l'été.

Je cours sur le terrain de sport illuminé par le soleil. C'est l'heure de l'éducation physique. Tout le monde traîne des pieds, se plaignant de la fatigue, de la chaleur, ou encore d'avoir la nausée. Pour ma part, je ne peux m'empêcher d'éprouver du plaisir à me dépenser. Finie, l'époque où je broyais du noir à l'heure de l'EPS. Je me sens pousser des ailes. Je pourrais courir jusqu'au bout du monde.

De retour dans la classe après cette bonne suée, je troque ma tenue de sport pour mon uniforme. La journée de cours touche à sa fin. Par où pourrais-je bien passer pour rentrer, cette fois ? Une brise agréable fait onduler les rideaux. Je noue ma cravate, range mon survêtement dans mon sac, puis consulte mon téléphone. Une notification surgit : de nouveaux abonnés pour Bell. Distraitement, j'ouvre l'appli.

« Bell : 32 460 428 followers. »

— Euh...

C'est quoi, ce délire ?

Plus de trente millions d'abonnés.

Et le chiffre continue d'augmenter à une vitesse folle, là, juste devant mes yeux.

Comment est-ce possible ?

Une vidéo de Bell chantant par cette nuit où dansait la neige a rapidement fait le tour du monde. Mieux encore, son succès viral semble avoir engendré une kyrielle de « vidéos associées ».

— « Associées »... ? Qu'est-ce que c'est que ça ?

D'autres se sont emparés du simple *a cappella* de Bell pour l'harmoniser, l'arranger et en tirer un tube pop à part entière. Qui a pu faire une chose pareille ? Quelqu'un s'est même amusé à passer la mélodie au vocodeur, afin de prêter à Bell une voix de robot. Avant que j'aie pu dire ouf, un autre lui adjoint un accompagnement de jazz-band d'une élégance absurde. Lequel se voit aussitôt remplacé par le son lourd d'un groupe de rock viril. Quoi, comment ? Les yeux écarquillés, je vois défiler une ribambelle de remix divers et variés. Hip-hop, quatuor à cordes, reggae, orchestre folklorique, bossa-nova, dance music… Les genres musicaux se croisent et s'entremêlent, avec un niveau de compétences musicales qui défie l'imagination. Réunies, toutes ces versions forment comme une grande œuvre collaborative, digne d'une suite lyrique.

Ce n'est pas tout.

Jusque-là vêtue d'une robe blanche toute simple, Bell se voit à présent parée de tenues variées, couvrant toutes sortes de styles, dans des changements de look qui modifient radicalement son image. Idole pop, diva de l'opéra, égérie grunge des années 1990, sportive, garçonne tout droit sortie des Années folles, icône androgyne, cyber goth, motarde, cheffe de gang, cycliste, combattante de MMA, arborant exosquelette motorisé, combinaison de mécano, imperméable en vinyle à la *Blade Runner*, kimono moderne, uniforme de base-ball… J'en passe et des meilleures.

Les commentaires fusent, exprimant les réactions d'AE à travers le monde.

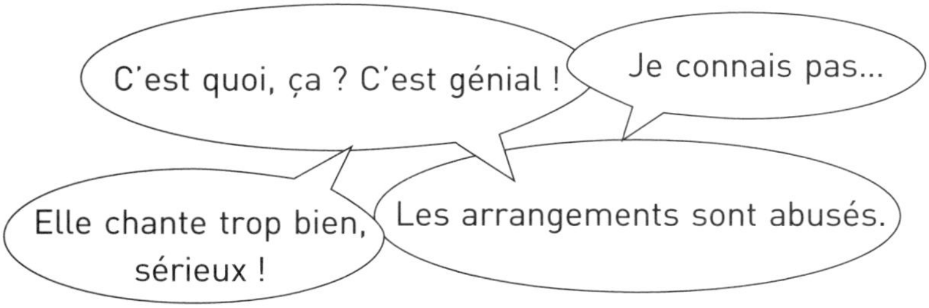

Une beauté unique !

C'est quoi, comme morceau ?

Les costumes de ouf !

Le moteur de recherche ne donne rien !

Je suis totalement accro...

Qui peut m'en dire plus sur Bell ?!

Le compteur d'abonnés explose à mesure que se multiplient les bulles.

« Bell : 38 641 027 followers. »

C'est ce qui s'appelle trouver son public.

— Bell ? Oui, je l'ai entendue vite fait, mais elle n'a rien d'extraordinaire. On est d'accord ? déclare Peggy Sue, la star de U, dans une interview.

Confortablement installée dans un canapé luxueux, elle parle d'un ton hautain, comme pour couper court à cet engouement soudain.

L'extrait, viral, redonne du poil de la bête aux contempteurs de Bell.

Mais oui, exactement !

Elle nous casse les oreilles.

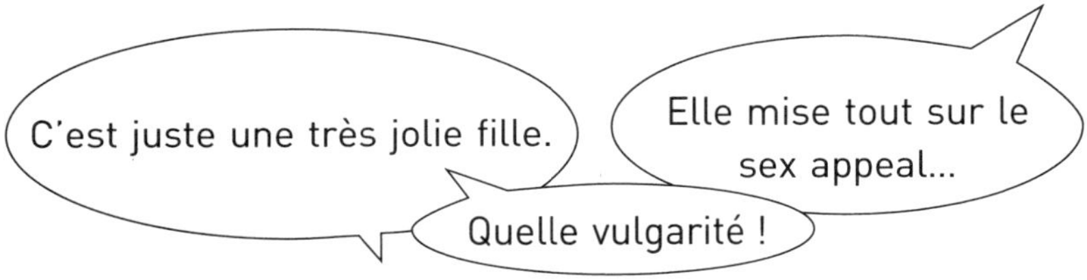

Ce qui a commencé comme un débat acide typique de l'Internet a vite fait de s'enflammer.

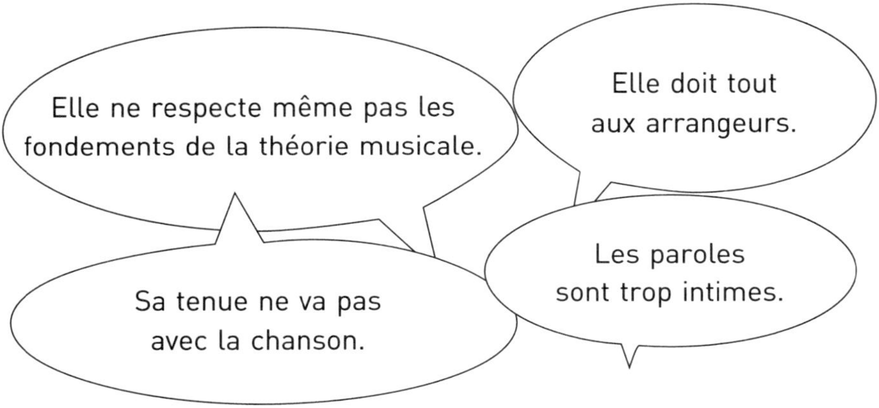

Il n'en faut pas plus pour que les AE les plus critiques s'acharnent sur la nouvelle venue.

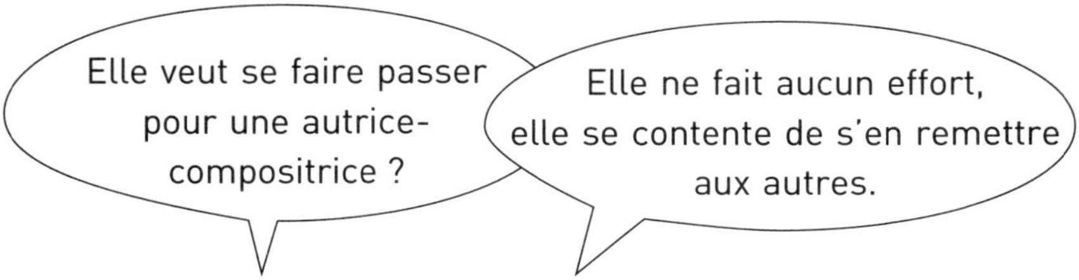

Les bulles continuent d'envahir l'écran, jusqu'à masquer totalement la vidéo de Bell.

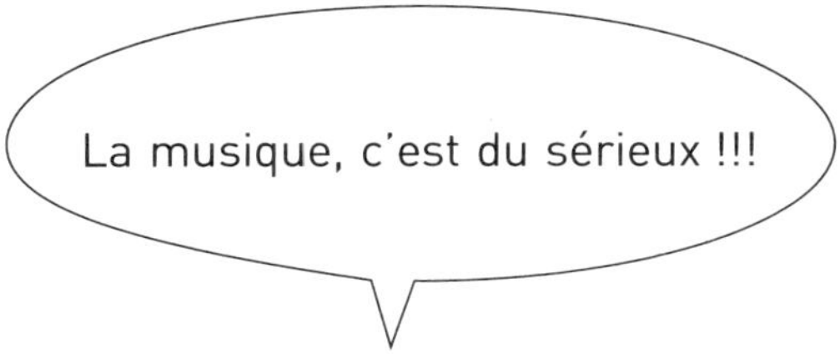

S'écrient d'une seule voix ses détracteurs.

Mais, en fin de compte, ce n'est que la partie émergée de l'iceberg.

Car le monde de U est bien plus vaste qu'ils ne le pensent.

À la différence des autres réseaux sociaux, U dispose d'un système de vérification exceptionnellement puissant, permettant aux utilisateurs de voir les opinions de manière impartiale, sans se laisser influencer par les infox, les mauvaises intentions, les préjugés ou l'extrémisme débridé. J'en veux pour preuve que l'évaluation de Bell, au départ totalement négative, s'améliore progressivement, pour devenir massivement positive.

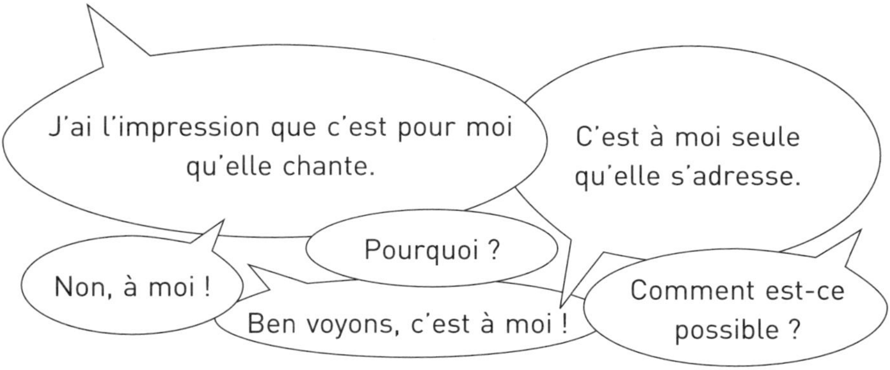

Ces commentaires, images et vidéos se rassemblent tels les fragments d'une mosaïque pour former un immense tableau, représentant l'existence même de Bell, telle que l'imaginent les consciences des personnes réunies au sein de U.

Dans son dos se déploient deux grandes ailes blanches.

Comme si elle n'était ni plus ni moins qu'un ange fraîchement atterri dans ce monde virtuel…

Les yeux ronds comme des soucoupes, je bats plusieurs fois des paupières.

Le compteur dépasse les 38,6 millions d'abonnés…

Je sens les muscles de mon visage se crisper.

— Au fait, tu connais Bell ?

Je me retourne en sursaut pour voir qui, dans la classe, a parlé.

Un groupe de filles discutent joyeusement tout en se changeant.

— Bien sûr !

— C'est qui, ça, encore ?

— Mais si, tu sais, dans U…

— Elle est incroyable, cette fille…

Sérieux ? Même ici, les réactions me parviennent en temps réel. Mon cœur cogne follement dans ma poitrine. Je ne sais plus quelle expression adopter. Penchant le buste, j'essaie de me faufiler discrètement hors de la classe. Comportement d'autant plus suspect, sans doute.

— Suzu ? lance une fille en train de remonter ses chaussettes.

Je prends mes jambes à mon cou.

Quittant le lycée, je fuis à travers la galerie marchande animée d'Obiyamachi.

C'est une urgence.

Alerte rouge.

Hiro, au secours !

Mon pas rapide s'est transformé en course effrénée. Tout ça, c'est trop pour moi seule. Dans ma hâte, j'ai dépassé la maison de Hiro. Revenant sur mes pas, je me précipite vers la porte d'entrée.

— Bonjour !

C'est sa mère qui vient m'accueillir, vêtue d'un haut en dentelle léger.

— Tiens, Suzu ! Hiroka est dans le salon.

Hiro est issue d'une famille de banquiers locaux. Ils habitent une maison ancienne d'un étage située au cœur du centre-ville, où se mêlent pièces à la japonaise et à l'occidentale. Parcourant le long couloir au trot, je fais irruption dans le salon.

— Hiro ! On a un gros problème ! Bell est…

Le salon traditionnel japonais a été transformé en véritable lieu de travail : sur la table basse trône un ordinateur de bureau connecté à plusieurs moniteurs, tandis que d'épais volumes reliés et autres livres d'art gisent entassés sur le canapé et le tapis.

— Je sais.

Installée tel un monarque dans son fauteuil de cuir, Hiro pivote pour me faire face.

— Elle vient de faire une entrée fracassante dans le hit-parade mondial de U. Comme prévu.

— Au contraire ! Elle se fait massacrer comme c'est pas possible ! hurlé-je devant le paravent peint par Kawada Shôryû.

Imperturbable, Hiro consulte les réseaux sociaux, dont les posts défilent sur un petit moniteur d'appoint.

— Ça aussi, je l'avais prévu. Les stars établies paniquent, c'est tout. Hmpf. Si tu ne reçois que des compliments, c'est que tu es consensuelle. Bref, que tu es médiocre ! L'intérêt de U, c'est que la vérité s'y exprime sans fard, qu'elle soit bonne ou mauvaise.

Je m'arrache les cheveux. Dites-moi que je rêve !

— Mais la moitié des gens ne fait que me critiquer... Quelle horreur ! Quel cauchemar ! Quel calvaire !

— Et l'autre moitié t'adore déjà. Tu peux te féliciter ! rétorque Hiro, balayant ma panique. À ton avis, quel est le secret de ton succès ?

— Ma ressemblance avec Luka...

— Mais encore ?

— Les gens s'amusent à remixer mes chansons.

— Mais encore ?

— Tes talents de productrice. Les costumes, les chorégraphies…

— Ce n'est pas ça ! Enfin si… mais non !

Elle tapote le moniteur principal.

— Le vrai secret de ton succès, c'est que ça se passe dans U ! La technologie de partage corporel pousse ses utilisateurs à révéler leurs talents cachés. Sans cela, tu aurais passé le restant de tes jours à pleurnicher comme une gamine, incapable de chanter. Ah, tiens. Regarde ça.

Elle brandit son smartphone.

Sur l'écran est affiché : « *Who is Bell ?* »

— « Enquête sur l'identité de la mystérieuse diva »… Quoi ?! Qu'est-ce qu'ils vont chercher, encore ?!

— C'est drôle de les voir raconter n'importe quoi. Ils sont tous persuadés qu'il doit s'agir d'une célébrité internationale.

Elle éclate d'un rire diabolique.

— Il n'y a pas de quoi rigoler !

— Personne n'irait imaginer que Bell puisse être une gamine ringarde perdue au fin fond de la campagne. Ha ! Ha ! Ha !

— Tu me fais peur…

Je frissonne d'horreur.

— C'est le meilleur jeu qu'on puisse imaginer : faire d'une lycéenne mal dégourdie la plus grande star de U. Ha ! Ha ! Ha !

Les AE de créateurs de mode de renommée mondiale arrivent, chargés de différentes tenues, afin de procéder à un essayage. Coiffée de son chapeau rond, Eroh les dirige, en synchronisation avec les mouvements de son utilisatrice : lorsqu'un rire secoue les épaules de la jeune fille, il en va de même pour son avatar.

— Oh, et ne t'inquiète pas pour les gros sous que ça pourrait nous rapporter : je reverserai tout, jusqu'au dernier dollar, à des associations caritatives.

Des coupures de presse traitant de diverses questions sociales, telles que la pauvreté ou la maltraitance des enfants, défilent dans une fenêtre à part. Hiro a l'air sérieuse concernant les dons.

Un article en particulier, consacré aux pères célibataires, attire mon attention. On y voit un homme d'allure aimable, accompagné de ses deux fils, qui semblent plus jeunes que moi. Je ne suis évidemment pas la seule à avoir grandi dans un foyer monoparental. Si Bell a du succès, en verront-ils les bénéfices, eux aussi ?

Juchée sur le museau de la baleine, Bell chante d'une voix puissante.

lalalaï lalalaï
Au-delà des étoiles
Jour et nuit je m'égare
Dans la galaxie
Où est la clé d'un amour infini

lalalaï lalalaï
Je vais suivre les signes
Mon destin sur un fil
Où s'emmêlent nos vies
Ne perdons pas de temps, c'est maintenant ou jamais

C'est le début du voyage
C'était écrit dans les nuages
Sens-tu la force nouvelle ?
Un nouveau monde nous appelle

Dans cet univers où tout est né
Je t'en supplie, reste à mes côtés
On s'envole, toi et moi
Ô ne me quitte pas

C'est comme un jeu
Entre dans la danse
Saute dans le feu, comme ça

Rejoins la fête, sois fier et
Dans le cercle on danse toujours

Ça commence, ça tourne la tête
Tout autour de toi comme ça

Où tu le veux, si tu deviens toi
Allez debout
Rejoins la danse

Danse ton futur
Oublie les voix du passé
Nous avons l'aventure
Un nouveau monde à inventer

— La voilà !
— Bell ! s’exclament les AE en levant les yeux.

Bell est notre nouvelle diva !

Ne devrait-on pas l’orthographier Belle, plutôt ?

Tu crois ?

Oui, ça lui irait mieux !

Un nom parfait, pour une fille pas tout à fait parfaite.

Quoi qu’on en dise, Belle, c’est la meilleure !

Des dizaines de millions d’AE font retentir leurs acclamations parmi les gratte-ciel.

— Belle ! Belle ! Belle ! Belle ! Belle !

Les mains jointes devant la poitrine, la cantatrice écarte les bras d’un geste ample.

Des fleurs graphiques jaillissent alors de sa silhouette pour pleuvoir sur la ville tandis que la baleine qui la porte poursuit sa nage nonchalante.

Belle chante à pleins poumons, comme pour célébrer chaque personne, chaque événement, chaque vie.

Face à un tel charisme, même les plus critiques des AE perdent toute contenance, ne laissant plus entendre que jalousie et ressentiment.

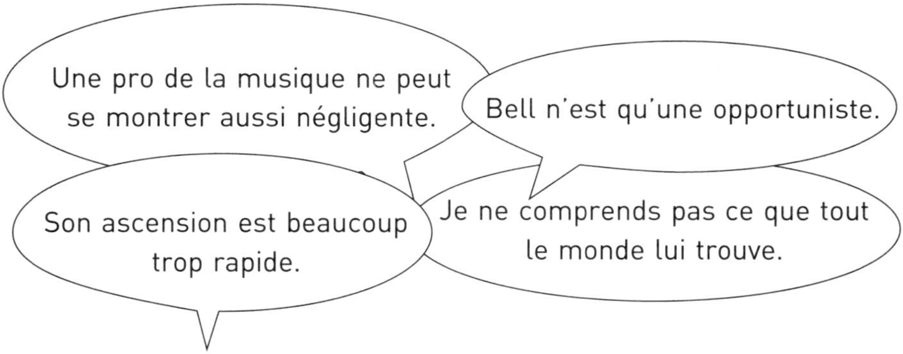

— Non mais, c'est une blague ?! éructe Peggy Sue sur sa chaîne privée. Qu'est-ce qu'elle a de plus que moi, cette cloche ?! J'hallucine !

Et d'agiter sa crinière argentée avec colère.

Pourtant…

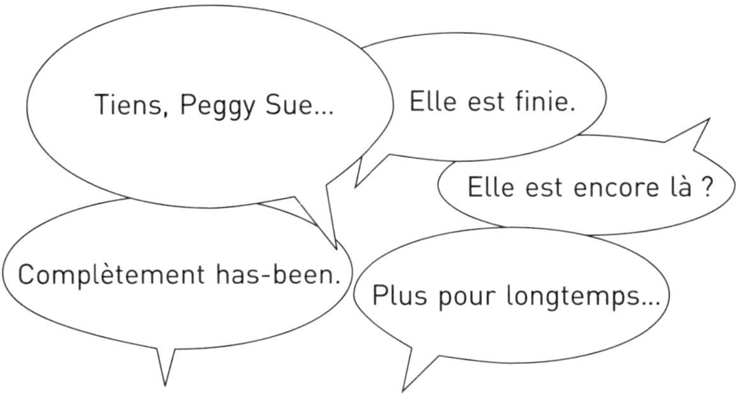

Les bulles de commentaires acerbes envahissent la fenêtre à qui mieux mieux. Livide, Peggy Sue tente de les contenir.

— Hein ? Plaît-il ? Dites donc ! Quelle mesquinerie ! Arrêtez ! AAAAAHHH !

Toute résistance est futile : bientôt, les bulles l'ont entièrement occultée.

— Voilà ce qui arrive aux grenouilles trop envieuses du bœuf, triomphe Eroh. Belle a changé le monde ! Allez, faites du bruit... Lâchez-vous ! Gloire à Belle !

Elle s'esclaffe à gorge déployée.

— Bwahahahaha !

Dans le monde réel, la vraie Hiro rit également devant son moniteur géant.

— Bwahahahaha !

Quand soudain...

— Qu'est-ce qui te fait rire, Hiroka ?

Son père fait irruption derrière elle, les bras croisés, la mine furieuse.

À ses côtés, son épouse affiche un air ennuyé.

— Tu ne peux plus utiliser cette pièce, annonce-t-elle comme à regret.

Les voix d'un chœur féminin résonnent avec légèreté dans le bâtiment.

L'école primaire où j'ai passé le début de ma scolarité est à présent fermée. Plusieurs voitures sont garées sur le terrain envahi d'herbes folles qui sert de parking. Les casiers à chaussures dans l'entrée sont vides. Dans le couloir sont empilées les longues tables utilisées pour les réunions ; une carte de la rivière Niyodo, dessinée par un enfant, se détache du mur. Les pupitres ont disparu des salles de classe, où il ne reste plus qu'un bazar d'équerres, de moniteurs d'ordinateur et de casques de protection. « Remise des diplômes », annonce toujours le tableau noir. Le temps semble s'être figé. Le gymnase est devenu un entrepôt où sont stockés instruments de musique inutilisés, chaises en métal et bancs. Le mur est orné d'un bas-relief où sont gravés les visages des diplômés. Nombreux dans les années 1990, ils ne sont plus que deux ou trois pour la première moitié des années 2010. La dernière année, il n'y en a plus qu'une (en l'occurrence, moi).

Debout sur une estrade, cinq femmes chantent.

Elles interprètent le motet *Alle psallite cum luya*.

Alle psallite cum luya
Alle concrepando psallite cum luya
Alle corso voto Deo toto, psallite cum luya
Alleluya

L'ensemble vocal est constitué de cinq femmes au caractère bien trempé, âgées de 40 à 70 ans, aux professions et aux expériences variées. On les surnomme « le chœur ». Leurs voix résonnent sous le plafond du gymnase comme sous la voûte d'une église.

Leur interprétation terminée, elles reprennent leur souffle, avant de chacune étudier sa partition.

Quelques représentants de l'administration locale, venus assister à leur répétition dans le cadre d'une visite d'inspection, applaudissent avec réserve. Un guide dépêché par la mairie se lance dans des explications maladroites.

— Comme vous pouvez le voir, le bâtiment abrite encore les activités associatives de la région. Si vous voulez bien me suivre…

Il conduit les visiteurs vers la sortie.

Vêtue d'une robe *tie and dye*, Mme Kita les regarde s'éloigner avant d'agiter son éventail comme pour reprendre ses esprits.

— N'est-ce pas un peu étrange, de répéter un programme de Noël en plein été ?

Elle n'a pas tort, mais elles viennent de donner leur récital estival, et leur planning pour les mois à venir est occupé par la tournée des festivals de musique et des maisons de retraite. Et comme chacune travaille par ailleurs, leur prochain récital n'aura pas lieu avant la fin de l'année.

Ma mère faisait elle aussi partie de ce chœur. Après sa mort, j'avais pris sa place. Enfin, disons plutôt que, se faisant du souci pour moi, ses camarades avaient pris l'habitude de m'inviter à chaque répétition. Ne sachant pas chanter, je passais mon temps à les écouter répéter, cachée à l'ombre d'un pilier, en fredonnant discrètement d'une voix étouffée. Ma façon à moi de participer, en tant que membre de ce chœur, depuis toute petite. Aujourd'hui encore, terrée sous le marimba, je les accompagne d'un murmure.

— Suzu ! Sors de là et viens chanter avec nous ! m'encourage Mme Nakai.

Vêtue d'un haut orange sans manches, elle se penche pour chercher mon regard. Prise par surprise, je tombe à genoux et prends la fuite, à quatre pattes.

— Non. Non, non, non, je ne peux pas.

— À toujours chanter dans le noir comme ça, tu vas te changer en grillon. C'est ça que tu veux ?

— Ça me va, j'aime bien les grillons, dis-je en émergeant derrière le piano électronique.

— La plus jeune devrait se mettre au centre, déclare Mme Hatanaka, enveloppée dans une étole.

— Non, merci.

L'adorable Mme Yoshitani, avec ses cheveux blancs coupés court, soupire en croisant les bras.

— C'est bien dommage. Les jeunes manquent d'ambition, de nos jours.

— Ils tournent le dos au bonheur, acquiesce Mme Kita.

Arborant veste en jean et queue-de-cheval, Mme Okumoto plante les mains sur ses hanches, comme à son habitude.

— Je suis sûre que ta mère voudrait te voir heureuse.

— « Heureuse » ? Que voulez-vous dire ? leur demandé-je. Comment fait-on pour être heureux ?

Elles demeurent un instant interdites.

— Eh bien..., tente Mme Okumoto en clignant des yeux, la tête penchée, d'un air pensif.

— Le bonheur...

Mme Hatanaka cherche ses mots elle aussi, les sourcils froncés derrière ses lunettes.

— Le... le bonheur ? lui fait écho Mme Kita en scrutant le plafond d'un air perplexe.

— C'est-à-dire que...

D'un geste maladroit, Mme Nakai tente d'exprimer quelque chose (le bonheur ?).

En réalité, chacune de ces cinq femmes a connu un destin particulier. La première a vécu de longues années avec son partenaire sans se marier ; la deuxième, célibataire, se consacre à son travail ; la troisième, deux fois divorcée, est mère célibataire ; la quatrième élève ses enfants tout en s'occupant de son compagnon malade…

La doyenne du groupe, Mme Yoshitani, balaye ses camarades du regard.

— À vrai dire, en dépit de mon âge avancé, je ne sais pas ce qu'est le bonheur, glousse-t-elle, la main sur le cœur.

Les autres femmes se figent, comme si leur amie venait, par ses propos, de leur ôter toute compétence à évoquer ce sujet.

Toujours debout derrière le piano électronique, je les regarde l'une après l'autre.

— Qu'est-ce que tu as à nous dévisager comme ça ? Tu nous compares, c'est ça ?! lance Mme Kita en levant les yeux.

— Tu essaies de deviner qui est la plus heureuse ?!

Un éclair passe derrière les lunettes de Mme Hatanaka.

— Si on savait ce que c'est, le bonheur, on ne serait pas là à se démener ! éructe Mme Nakai.

Mais c'est qu'elle ferait peur…

Je me ratatine derrière l'instrument de musique.

Pour être honnête, je suis moi-même un peu sur les nerfs.

Depuis la galerie, je contemple le terrain de basket sur lequel Shinobu disputait ses matchs individuels. Personne. Seul un ballon gît, abandonné, sur le sol.

Un souvenir indélébile me revient tandis que je le fixe.

C'était dans un décor comme celui-ci. À la tombée de la nuit.

J'avais 6 ans. Je pleurais toute seule, accroupie, sans personne alentour, jusqu'à ce que Shinobu arrive, un ballon de minibasket à la main.

— Pourquoi tu pleures ? me demanda-t-il sans se baisser.

Incapable de répondre, je continuai de pleurer.

— Pourquoi tu dis rien ?

Là encore, je ne parvins pas à répondre.

Je me rappellerai toujours ce moment. C'est un souvenir précieux, dont je ne saurais dire combien de fois j'y ai repensé depuis. Un souvenir que je continue d'entretenir, afin de ne jamais l'oublier. Même adulte, même lorsque j'aurai atteint l'âge avancé de Mme Yoshitani. Jamais…

Je n'ai même pas remarqué que je n'étais plus seule.

— Suzu ?

Je lève la tête, surprise.

— Shi… Shinobu ?!

La panique. De quoi ai-je l'air ? Une sueur froide me parcourt l'échine. Je ne voudrais surtout pas qu'il me voie sous un jour bizarre.

— Ton père va bien ?

— Oh, euh… Je suppose ?

— C'est quoi, cette réponse ? Suzu, tu manges correctement, au moins ?

— Je… mange, oui.

N'y tenant plus, je tente de prendre la fuite.

Je m'apprête à partir lorsqu'il me retient par la main.

Je le regarde, interloquée. Et sens mes joues s'enflammer à ce contact.

— Il s'est passé quelque chose ? me demande-t-il calmement.

— Rien…

Inconsciemment, je détourne le visage. *Arrête de me regarder*…

— Il s'est passé un truc.

— Puisque je te dis que non !

Je continue de l'éviter.

— Regarde-moi.

— Je ne peux pas…

— Mais si.

J'ai beau protester, je n'ai pas d'autre choix que de lui faire face, lentement.

Silence.

Shinobu me regarde fixement.

— Tu ne veux pas me dire ?

J'en ai le souffle coupé. Je ne parviens pas à me détacher de lui, comme hypnotisée.

À l'époque, déjà, il avait ce regard.

Le petit Shinobu s'était alors accroupi pour me demander, les yeux dans les yeux :

— Tu veux pas me dire ?

Ses yeux n'ont pas changé depuis.

Me voilà perdue dans mes souvenirs.

— Je rêve… ?! lance soudain une voix.

Je sens une foule de regards posés sur moi. Des filles, qui ont remarqué la scène et murmurent entre elles.

Ce n'est pas bon.

Aussitôt, je lâche la main de Shinobu et prends mes jambes à mon cou.

— Suzu !

Il a beau m'appeler, je bifurque précipitamment au coin du couloir, sans me retourner.

Je dois le lui dire clairement.

Adossée au mur, effleurant la main qu'il vient de tenir, je retourne les mots dans ma bouche.

— « Shinobu. Je ne suis plus la gamine que tu as connue en primaire. Tu n'as plus besoin de t'inquiéter tout le temps pour moi. Alors… »

Prenant mon courage à deux mains, je rebrousse chemin pour aller lui parler.

Il est encore là, à l'autre bout du couloir.

Je dois le lui dire.

En cours de route, pourtant, je me fige.

Devant Shinobu se tient Luka.

Elle lui montre une page de son manuel d'un air radieux. Elle est d'une beauté éblouissante. Son sourire, lui aussi, est bien sûr parfait. Le genre de vision à laquelle personne ne résiste. Derrière eux, les commères les couvent du regard. Les mêmes qui bourdonnaient un instant plus tôt affichent maintenant une mine soulagée. Je crois comprendre malgré moi la raison d'une telle réaction.

Je ravale mon discours tout prêt et l'enfouis au fond de mon cœur.

Avant de quitter les lieux, comme si de rien n'était.

Rencontre

Le croissant de lune illuminant la ligne rouge de l'équateur se déplace, entraînant l'obscurité sur le monde de U.

La mégapole, aussi fluide qu'un grand fleuve, est particulièrement peuplée aujourd'hui. Une mystérieuse euphorie règne un peu partout ; les AE semblent ne pas tenir en place.

En ligne, d'innombrables reportages tournent dans toutes les langues.

— ... dans un instant, à 20 h 25, heure de U, doit commencer le grand spectacle de Belle, qui va se produire ici, dans la sphère du Stadium.

La ville de U est essentiellement constituée de deux modules récurrents : « gratte-ciel » et « parc », auxquels viennent s'ajouter quelques modules spéciaux, parmi lesquels un élément sphérique intitulé *Stadium*.

— ... le nombre d'AE qui assisteront en temps réel à cette prestation se situerait entre 100 et 200 millions, des chiffres sans précédent pour une nouvelle venue apparue il y a moins de six mois !

En approchant du Stadium, vous constatez qu'il est constitué d'une multitude de petites unités rassemblées pour former un globe. Passant par un interstice, vous pénétrez dans son enceinte. Chaque unité contient d'innombrables fenêtres en forme d'écran de smartphone, à l'intérieur desquelles apparaissent des AE : les spectateurs.

Une foule d'AE attend avec impatience le début du spectacle.

Le moment est arrivé.

Dans un grondement, l'immense espace s'assombrit peu à peu tandis que les unités se rapprochent les unes des autres. Un dernier bruit sourd signale la fermeture totale des interstices ; le noir complet se fait dans la salle. Une ligne rouge rappelant l'équateur apparaît dans les ténèbres.

Le spectacle commence.

Musique !

Au centre de l'espace flotte une goutte d'eau gigantesque. Devant cet étrange tableau, le public retient son souffle. Que va-t-il se passer ?

La goutte géante, dont les contours tremblent sous l'effet de la tension superficielle, s'éclaire de l'intérieur : une constellation de lumières se mettent à scintiller telles des étoiles, contenues en son sein.

Jusqu'à ce que l'orbe rempli de lumière explose soudain, comme au Big Bang.

D'immenses gerbes jaillissent dans toutes les directions, derrière lesquelles apparaît un objet mystérieux, reflétant la lumière.

Une robe monumentale, longue d'une dizaine de mètres, tissée de perles délicates.

Une robe dont est revêtue Belle – autrement dit... moi.

Un tonnerre d'applaudissements retentit.

Une mosaïque de clarté brille depuis les innombrables fenêtres des spectateurs.

Sous son effet, les perles composant la robe changent de couleur dans un schéma complexe – ce sont des perles spéciales, dont l'éclat se modifie suivant l'angle de la lumière. Les plus grands stylistes ont tout coordonné, de la coiffe jusqu'aux talons hauts, pour créer la tenue parfaite.

Changeant de couleur au gré de la lumière, je nage, comme suspendue dans l'espace.

Des fragments de mon costume se détachent, tels les étages d'une fusée, pour ensuite se désagréger, perle à perle.

Les joyaux tourbillonnent comme la houle pour former la surface fluctuante de la mer.

Trois baleineaux apparaissent alors, munis de casques audio, et se rapprochent lentement du centre, où je me trouve.

Ce sont des danseurs émérites, engagés spécialement pour ce concert.

Au rythme de la musique, l'un des baleineaux frappe la surface de sa nageoire caudale pour faire déferler une splendide vague, bientôt imité par un de ses camarades. Les ondes de choc se superposent. Un jet puissant jaillit de l'évent du troisième animal.

À moi de jouer.

À l'instar des cétacés, je me laisse tanguer, portée par la musique, et frappe la surface de l'eau. Les vagues se propagent majestueusement. D'une deuxième secousse, j'envoie de nouvelles ondulations, avant de me projeter à mon tour, comme le jet du baleineau.

Les mammifères marins se joignent à moi dans une nage synchronisée avec précision.

Ainsi entourée, je chante.

Les flashs déclenchés par les spectateurs illuminent ma robe, dont les perles changent de couleur une à une.

Ce feu d'artifice visuel, d'une beauté indescriptible, est le résultat d'une collaboration entre les stylistes et moi, mais aussi le public, sans le concours duquel une telle explosion chromatique n'aurait jamais été possible. Mieux encore, il s'agit d'une œuvre unique, éphémère, qui ne saurait être reproduite, dans un monde numérique où la reproduction s'impose pourtant comme une évidence.

La chanson se termine sur un aigu éclatant.

Un tonnerre d'acclamations ébranle l'enceinte du Stadium.

Les flashs du public s'éteignent aussitôt, plongeant la salle, traversée d'une unique ligne rouge, dans l'obscurité. L'introduction de la deuxième chanson commence tandis que l'armature métallique du décor suivant se met en place. Eroh, productrice du spectacle, profite de l'intermède pour se glisser à mes côtés.

— Tu as été parfaite. On passe à la suite.

J'acquiesce.

Elle jette le tissu qu'elle serre dans son poing, et qui vient se déployer autour de moi pour former une robe en patchwork. Imaginée par le même créateur que la robe de perles, elle est tissée de fibres qui changent également d'apparence selon l'angle de la lumière.

Soudain, un bruit étrange et sourd retentit.

— Qu'est-ce que... ?

Les interstices du Stadium s'entrouvrent avec un grincement profond.

— Eh ! Qui a ouvert le dôme ?! s'écrie Hiro.

Quelque chose parvient à se faufiler entre les unités de la sphère. Une silhouette fuse, bientôt suivie d'un groupe d'AE. Les intrus foncent devant les spectateurs à une vitesse étourdissante. Dans le public, c'est la panique.

Eroh ne décolère pas.

— Mais il va dégager, ce crétin ?!

Le premier AE semble vouloir fuir le groupe lancé derrière lui.

— Il est poursuivi ?

Il fait le tour du Stadium en suivant la ligne rouge de l'équateur. Le groupe qui lui donne la chasse s'est scindé en deux.

— Mais enfin, qu'est-ce qu'il fabrique ?! maugrée Eroh en le suivant des yeux.

Des bulles de commentaires fleurissent, postées à travers le monde.

— « Dragon » ?

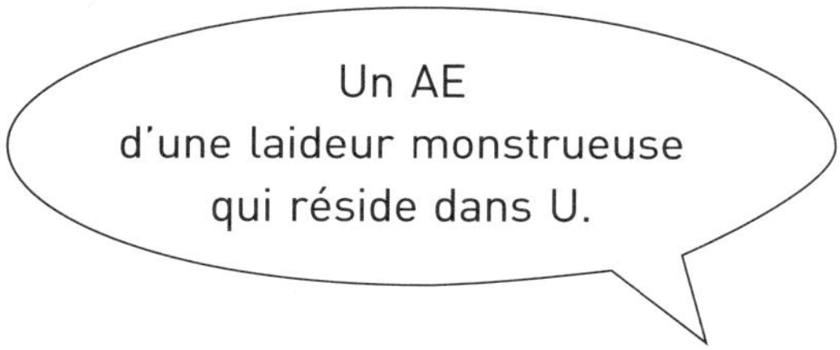

Une paire de cornes saillantes. Un museau allongé. Des crocs et des griffes acérés. Ses traits sont exactement ceux d'un dragon, et l'impression qu'il laisse, celle d'une bête sauvage. La cape cramoisie dont il est revêtu, son col dressé et ses manches d'où dépassent des volets en dentelle, en revanche, évoquent plutôt l'allure d'un noble. Étrange équilibre entre des qualités radicalement opposées… Ses yeux étroits et perçants, tout juste visibles entre ses longs cheveux crépus, ne font qu'ajouter au mystère.

Ses poursuivants, eux, sont tous équipés de combinaisons de combat blanches ornées de lignes rouges. On dirait une brigade de justiciers.

Dans un claquement de cape, le dragon fait volte-face et s'élance vers le plafond, avant de se laisser retomber en piqué. La manœuvre, délicate, lui permet de semer rapidement les individus à ses trousses, mais le deuxième groupe revient à la charge.

L'AE au masque de pierre qui le dirige fonce sans hésiter.

Les deux adversaires se percutent de plein fouet.

Le choc provoque de violentes étincelles.

Les coups de poing du dragon sont si rapides qu'ils échappent au regard.

Ses poursuivants volent en tous sens comme de vulgaires cailloux avant de se figer, émettant une lumière scintillante tels des cristaux de glace : la violence des coups a gelé la transmission des données.

Je contemple le dragon, ébahie.

— Incroyable...

— C'est qui, ce type ? souffle Hiro.

Aussitôt, des bulles surgissent pour lui répondre.

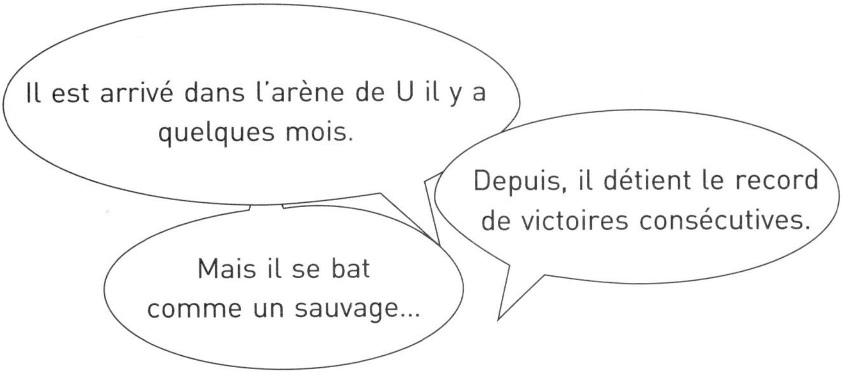

— Comment ça ?

Le dragon atterrit sur une des unités formant la paroi du dôme avant de changer de direction, pour foncer sur le premier groupe de poursuivants, qu'il neutralise un à un, sans même leur laisser le temps de fuir.

Figés à leur tour, ils flottent çà et là, cristallisés.

Il gâche la partie.

Il attaque comme un fou jusqu'à rendre les données inexploitables.

On dirait qu'il veut juste évacuer sa frustration.

Consternée, je fixe cette apparition, sans voix.

Sa cape déchiquetée ressemble à un épiderme couvert de taches.

— Qu'est-ce que... ?

En plus il essaie de la ramener avec ses gros bleus dans le dos, quel ringard.

Je tente de mieux voir.

— Il en a tellement...

De nouveaux poursuivants ont fait leur apparition à mon insu. Un AE aux cheveux tressés leur donne l'ordre d'attaquer, et une bonne douzaine d'entre eux s'époumonent à l'unisson.

Seul face à eux, le dragon avance sans hésiter.

Et décoche les coups à une vitesse vertigineuse.

Envoyant voltiger ses attaquants l'un après l'autre.

— Aaaaaaah !

En un instant, il les a tous dispersés, jusqu'au dernier.

L'AE aux tresses demeure stupéfait devant ses troupes anéanties.

Poussant un hurlement rageur, il s'élance contre le dragon, tapi dans les ténèbres.

Aussitôt, ce dernier lui assène un violent coup de genou en pleine figure, qu'il fait suivre d'une série d'uppercuts. L'AE vole en arrière, plié en deux comme une crevette.

— Et qui sont ses poursuivants ? demande Hiro avec un intérêt croissant.

Les Justices.

— Pardon ?

Ils se vantent de faire régner l'ordre et la justice dans U.

Un peu plus loin, un groupe d'AE observe la scène, en surplomb.

Les chefs de brigade des Justices, sans doute, à l'instar du Masque de pierre et du Tressé. Tous ont l'air puissants, comme on peut l'attendre de représentants de l'ordre. La moitié sont des femmes.

— Hmm. Voilà qui explique leur allure de superhéros, acquiesce Hiro.

Une foule de Justices encercle le dragon, armés de lances, de marteaux ou de sabres.

Ils passent à l'attaque avec un cri.

Seul contre tous, le dragon n'a, semble-t-il, pas la moindre chance.

Lentement, il étire les bras en croix…

Avant de s'élancer dans les airs à une vitesse fulgurante, passant à travers les troupes, comme s'il était lui-même la pointe d'une épée. Le bataillon, en rang serré, est aussitôt pulvérisé.

— Aaaaaaah !

Au même instant éclate une lumière étincelante, cristalline.

Toute l'assistance retient son souffle devant le spectacle de cette puissance irrésistible.

Le dragon tourne le dos et se redresse lentement.

— Quelle brutalité !

— À quoi ça rime, une telle violence ?!

— Il n'y a que toi qui comptes, c'est ça ?! s'époumonent les chefs de brigade, stupéfaits.

De leur côté, une partie des spectateurs se mettent à huer.

C'est vrai, ça !

Tu nous pourris le spectacle de Belle !

Pour qui tu te prends ?!

Bientôt, le dôme du Stadium tout entier résonne de leurs cris.

Demande pardon à Belle !

Rends-nous notre temps !

Fous le camp d'ici !

Ouais, dégage !

Au milieu de cette atmosphère étrange, je parcours le Stadium du regard. La plupart des AE présents houspillent copieusement une seule et même silhouette.

Au centre de l'attention se tient le dragon, solitaire. Les hématomes qui lui constellent le dos sont comme autant de stigmates laissés par les injures dont on l'abreuve.

— Dis-moi…, laissé-je échapper.

Le dragon se retourne lentement et pose sur moi des yeux perçants.

Silence.

— Qui es-tu ?

Une question posée sans réfléchir, sur un coup de tête.

Alors, pour la première fois, il ouvre la bouche. En sort une voix étouffée, comme filtrée.

— Arrête…

— Quoi… ?

— Ne me regarde pas !

Ses yeux n'expriment que du rejet. Je n'entends rien d'autre.

— Dragon !

Une voix de stentor résonne à travers le Stadium.

Un homme seul se dresse, imposant.

— Tu ne vas pas t'en tirer comme ça… Tout cela est intolérable ! Tant que le mal ne sera pas vaincu, la paix ne pourra régner dans U ! tonne-t-il, les bras croisés.

— C'est qui, ça ? Leur chef ? s'enquiert Eroh.

Oui. C'est Justin.

L'AE en question a les yeux bleus et les cheveux blonds coiffés en arrière. Son imposante musculature évoque force et courage ; la combinaison blanche qui le recouvre lui confère une allure noble. Assurément, c'est là un héros, un chevalier, un grand homme, allié de la justice. Un sauveur.

Levant le bras droit, Justin montre l'insigne qu'il porte au poignet.

— Regardez !

L'écusson enfle, enveloppé de lumière, pour se métamorphoser en tête de lion ailée métallique. De la gueule du félin sort une lentille de pierre précieuse sertie dans un mécanisme à verrou. On dirait un canon.

— C'est la lumière de la vérité qui fait régner la justice et l'ordre dans U ! déclare Justin, d'une voix assez forte pour être entendu dans les moindres recoins du monde virtuel. Nous allons dévoiler la vraie nature de cette bête maléfique !

À ces mots, des bannières portant les noms de grandes entreprises se mettent à flotter derrière lui. Les sponsors qui soutiennent son activité, sans doute.

Hiro pointe le doigt dans sa direction, les yeux ronds.

— Non mais regarde-moi le nombre de sponsors !

— Qu'entend-il par « dévoiler » ?

Pour toute réponse, Hiro fait mine d'ôter un masque.

Justin tend le bras droit, comme pour mettre le dragon en joue. L'intérieur de la lentille se met à scintiller à la manière d'un kaléidoscope.

Les particules convergent pour émettre une lumière verte.

Pan !

Le rayon fend les ténèbres en direction de sa cible.

Le dragon l'évite de justesse.

Justin arme de nouveau et tire deux coups en succession rapide.

Le dragon garde ses distances, évitant soigneusement cette lumière inconnue.

Grognant sa frustration, Justin baisse le bras. Le rayon, en raison de la distance, ne porte pas suffisamment pour atteindre si loin une cible en mouvement.

— Le dôme ! ordonne-t-il.

À ces mots, les officiers se dispersent aux quatre coins de la salle. Bientôt, les unités se rapprochent dans leur grincement habituel pour refermer les interstices.

— Hein ?

La lumière s'estompe. Avec un dernier bruit sourd, la sphère du Stadium se verrouille, plongeant ce dernier dans le noir total.

Les officiers allument aussitôt des projecteurs.

Pris au piège de leurs faisceaux, le dragon ne peut plus échapper à la clarté.

— Tu n'iras pas plus loin, Dragon ! Nous allons révéler ici même l'Origine du monstre que tu es !

Un rugissement assourdissant parcourt la foule.

Ils ont tous pris le parti de Justin.

Même Hiro semble approuver.

— Très bien, vas-y, vas-y !

« Révéler » son « Origine » ? Est-ce seulement possible ?

Justin déclarait à l'instant vouloir utiliser la « lumière de la vérité qui protège la justice et l'ordre au sein de U » – celle, verte, émise par son canon –, afin de « dévoiler la vraie nature » du dragon, qu'il dit maléfique. Autrement dit, il s'apprête à révéler qui contrôle réellement cet avatar ? Cela reviendrait à enfreindre les conditions d'utilisation de U, censées respecter la vie privée de ses utilisateurs.

Tant que cela concerne le dragon, détesté de tous à travers le monde, il recueillera l'approbation générale. Mais si on inversait les rôles, ce serait une tout autre histoire… Personne ne laisserait faire. Alors pourquoi est-ce le cas ici ? Ne devrions-nous pas être tous égaux devant la sécurité des données ?

Armés de leurs projecteurs, les officiers s'approchent du dragon.

Celui-ci met la main en visière devant ses yeux, comme pour bloquer le halo éblouissant. Mais les officiers poursuivent leurs efforts. Aveuglée, la créature traquée semble incapable de bouger.

À distance, Justin la met en joue.

Le faisceau des projecteurs se resserre aisément sur leur cible, désormais immobilisée.

Avec un bourdonnement, la lentille du canon s'éclaire et projette son rayon.

— Pulvérise-le ! s'écrie Eroh.

À ses côtés, je continue de contempler fixement le dragon.

Nos regards se croisent. Mon cœur cogne follement dans ma poitrine.

— Ah ?!

Soudain, il bondit vers moi. Leur cible perdue, les projecteurs se mettent à osciller frénétiquement.

— Eh !

Justin, qui a brièvement baissé son canon, ajuste aussitôt sa position pour tirer une nouvelle salve.

Mais le dragon, qui a fait une embardée pour les esquiver, fonce dans ma direction.

— Aaaah !

Choquées, Hiro et moi sommes incapables du moindre mouvement.

Le dragon file à une vitesse supersonique.

Il va nous percuter !

Je pousse un hurlement strident.

Le fugitif nous frôle, provoquant une violente rafale de vent au passage. Sans cesser son ascension, il virevolte de-ci de-là, rebondissant contre la charpente du décor.

— À quoi il joue, cet imbécile ?! s'époumone Hiro, furieuse. Tu vois pas que t'as failli blesser Belle ?!

Le dragon arrache un montant de la charpente avant de fondre sur nous derechef.

— Ah !

Cette fois encore, il se faufile juste entre moi et Hiro, qui s'est recroquevillée sur elle-même.

Son objectif n'est autre que les chefs de brigade des Justices.

Lâchant leurs projecteurs, ces derniers se dispersent aux quatre vents avec un hurlement. Le dragon, qui ne compte pas les laisser fuir, les poursuit en agitant la barre métallique au-dessus de sa tête.

Les projecteurs éteints, les ténèbres enveloppent une nouvelle fois le dôme.

On ne perçoit plus que le fracas des armes et les cris de douleur des officiers. Que se passe-t-il dans cette obscurité ? Une terreur invisible sévit dans ces lieux.

— Le dôme… Ouvrez le dôme ! hurle Justin, n'y tenant plus.

Comme obéissant à ses instructions, une brèche s'ouvre dans la sphère du Stadium.

La lumière se fait peu à peu, révélant les silhouettes pathétiques des officiers neutralisés.

Combien d'AE le dragon a-t-il gelés en si peu de temps ?

Quelle puissance écrasante...

Justin recule d'un pas, les traits crispés.

— Jamais je ne te pardonnerai... tu m'entends ?!

Jetant son arme de fortune, le dragon prend son élan et s'envole.

Je le suis des yeux.

— Tu ne perds rien pour attendre ! s'époumone Justin, assoiffé de vengeance.

Ignorant ses fulminations, le dragon se glisse par un interstice du toit et file hors du Stadium pour disparaître dans la nuit.

Je continue un long moment de fixer le ciel désert.

— Dis-moi... qui es-tu ?

Jeu de piste

Tous les matins, je promène Fugue.

Depuis la maison, nous descendons la colline pour aller flâner sur les berges de la Niyodo. Lorsque je me retourne après avoir franchi le pont-gué, je découvre le village, inondé de soleil. Le spectacle a beau être quotidien, il revêt chaque jour une beauté différente, marquée par la verdure printanière, le feuillage automnal, le flot de la rivière, la position des nuages, la présence ou non de brouillard, d'éclaircies, la chaleur, l'humidité, le froid… Comment ne pas s'extasier devant une telle splendeur ?

Lorsque je baisse les yeux, Fugue me regarde fixement, comme s'il espérait jouer davantage.

Sa patte amputée ne semble guère le préoccuper tandis qu'il gambade, saute et plonge dans l'eau. Je suis un peu soulagée de lui voir un tel entrain.

De retour à la maison, j'ôte sa laisse et lui prépare à manger avant de le laisser entrer, non sans lui avoir essuyé les pattes.

— Allez, à plus tard, lui dis-je en pliant le linge.

Mon père sort du garage.

— Suzu. Voudras-tu dîner ? me demande-t-il, hésitant.

Hissant mon cartable sur mon épaule, je secoue la tête, sans croiser son regard.

— Je pourrais te faire un tataki...

Je réponds de nouveau négativement.

— Je vois... Entendu.

Sur ces entrefaites, il monte en voiture et prend la direction de son travail.

Tous les matins, nous nous livrons à cet échange gênant, lui et moi.

Je lis les dernières infos défilant sur l'écran de mon smartphone tandis que je traverse le pont-gué à la hâte.

« Le concert de Belle interrompu par un incident... »

— Toutes mes excuses...

Je suis vraiment désolée de n'avoir pu aller au bout de ce spectacle tant attendu. La prochaine fois, je me préparerai correctement, afin de tout donner pour mes spectateurs...

— Ah !

Trébuchant sur un nid-de-poule à la surface du pont, je tente désespérément de me rattraper à quelque chose. Trop tard : je m'étale face contre terre.

— Aïe !

J'ai le front rouge et enflé.

Sur l'écran de mon téléphone tombé au sol, Belle arbore une marque identique. Le récepteur a détecté l'éraflure.

La technologie de partage corporel de U synchronise mes données biométriques en temps réel.

— Belle n'y est pour rien !

La voix suraiguë de Hiro résonne jusque dans le couloir.

— C'est de la faute du dragon ! Pourvu qu'ils le démasquent, celui-là !

Nous sommes l'après-midi, et mon front semble avoir bien désenflé.

— On dirait qu'il fait tout pour qu'on le déteste, fais-je remarquer en inspectant la marque.

— Il doit juste trouver ça cool.

Comme pour évacuer sa colère, Hiro griffonne la réponse d'un problème inscrit sur le tableau blanc. C'est le prof de physique, M. Terada, qui l'a laissé là exprès, afin de tester les élèves. Hiro relève crânement le défi.

— Il doit avoir une bonne raison…

— Tu parles, c'est juste pour se faire mousser !

— Tu crois ?

Je ne suis pas convaincue.

— C'est décidé : on va le dévoiler nous-mêmes, ce type.

Hiro termine de rédiger sa réponse, qu'elle souligne de deux traits rageurs : elle est prête à résoudre tous les problèmes, quelle qu'en soit la difficulté, et elle tient à le faire savoir.

En sortant de la salle, je croise un élève chargé d'un sac de campeur.

— Salut, Suzu !

— Kamishin ? Qu'est-ce que tu fais avec ce gros sac ?

— J'ai une compète.

— De canoë ?

C'est le moment que choisit Hiro pour s'extirper péniblement de la salle, un énorme carton sur le dos.

— Tiens ? Toi aussi, Betsuyaku ? se réjouit Kamishin.

— Non mais, tu me prends pour qui ?!

Sorties du lycée, nous prenons le train.

Après avoir déposé son fardeau sur un siège, Hiro sort une tablette de son sac en toile et se lance dans des explications.

— Dans U, ton AE fonctionne en symbiose avec tes données biométriques, scannées en permanence par ton récepteur. C'est notamment ce qui empêche un même utilisateur de posséder deux avatars.

— OK.

— Partant de là, j'ai fouillé sur Internet, mais il n'y a pas la moindre trace de sa nationalité, de son âge, ni de son genre. Tout ce que je sais, c'est qu'il s'est présenté à l'arène de U il y a sept mois.

— Tu n'as rien trouvé du tout ?

— En ce qui le concerne, non. Mais la liste de tous ses adversaires est archivée.

— Je vois.

— Au cours des sept derniers mois, il a cumulé 369 victoires pour trois défaites et deux matchs nuls.

Ce qui nous fait au total 374 opposants, dont la plupart ont lié leur compte U à un profil sur les réseaux sociaux. En les interrogeant un par un, on devrait trouver quelque chose.

Après avoir pris la correspondance avec le bus puis marché un moment le long de la Niyodo, nous arrivons sur le site de mon ancienne école primaire – celle-là même qui, fermée, sert à présent de lieu de répétition pour le chœur.

Je demande à Hiro d'aller m'attendre à l'étage. Malgré son chargement, elle gravit l'escalier seule, non sans difficulté.

Nombre d'écoles désaffectées à la suite du déclin de la population locale se voient utilisées comme espace de stockage, quand elles ne sont pas laissées à l'abandon. Il arrive cependant qu'elles trouvent une seconde vie en tant qu'espace d'expérimentation ou se voient reconverties en habitations. Par chance, la nôtre est devenue un centre communautaire. Je passe à la réception remplir un formulaire de demande d'utilisation des locaux.

— C'est pour la salle d'étude, expliqué-je.

On me détaille le règlement intérieur. Les équipements sont, en principe, libres d'accès, mais l'on est prié d'en faire une utilisation raisonnable. En cas de catastrophe naturelle – telle qu'un tremblement de terre, par exemple –, on nous demande de porter le casque de protection fourni dans chaque salle. Je vous passe la suite.

Les formalités terminées, je rejoins la salle au premier étage.

Un spectacle surprenant m'y attend.

Un complexe de moniteurs, parmi lesquels des écrans géants, s'est matérialisé en mon absence. On se croirait dans une base secrète. Hiro a relié le matériel obsolète de l'école à son ordinateur personnel, ultra-performant – c'était là le contenu de son mystérieux carton. Le temps que j'aille demander l'autorisation d'utiliser la salle, elle y a recréé le poste de travail improvisé dans le salon de ses parents.

— Incroyable…, laissé-je échapper.

Elle affiche un grand sourire fier.

— Héhéhéhé !

Sur le moniteur principal s'affiche une mappemonde répertoriant les 374 adversaires du dragon.

— J'ai une question pour vous tous qui l'avez affronté, leur annonce Eroh. Qui est-il ?

Une icône apparaît dans la région de Philadelphie. Un lutteur musclé à tête de tigre.

C'est une énigme. En tout cas,
ce n'est pas une IA.

L'icône se retourne pour révéler un jeune homme mince tenant un chat, dont l'image contraste radicalement avec celle de son avatar. Il nous parle à visage découvert, avec amabilité.

En France, dans le Pas-de-Calais, surgit un AE aux allures de petit fantôme rondouillard, tout vert.

Il attaque sans relâche. Il est vraiment toxique.

Le verso de l'icône révèle une jeune femme blonde et pleine de vie.

En Inde, du côté de Mumbai, Garuda, roi des oiseaux et monture du dieu Vishnu, secoue la tête.

Je ne comprends pas pourquoi il fait tout ça.

Son vrai visage, surmonté de lunettes, est celui d'un jeune et brillant médecin.

En Chine, aux alentours de Shenzhen, c'est un homme de pierre qui prend la parole.

Je faisais partie de ses premiers adversaires... À l'époque, il n'avait pas autant de bleus.

Hors ligne, c'est un policier, d'âge moyen et d'allure aimable.

— Alors, il les a accumulés au fil des combats ? demandé-je en m'adressant à l'écran.

— Pour les rares d'entre vous qui l'avez battu, comment y êtes-vous parvenus ? s'enquiert Hiro.

Un jeune homme de Los Angeles et un trentenaire moscovite répondent :

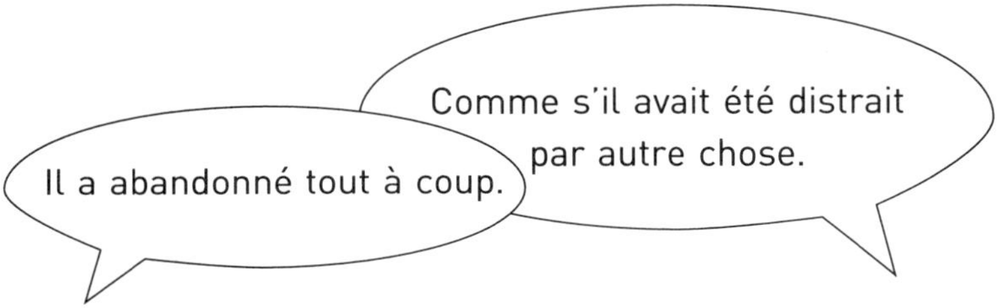

Bien sûr, tous nos interlocuteurs n'ont pas rendu leur position géographique publique. L'icône du troisième gagnant surgit au milieu d'une liste de profils non identifiés.

— Ah, Ange…

C'est l'AE en forme de clione qui avait encouragé Belle par cette nuit enneigée.

— Et toi ? Tu sais quelque chose ?

Pour toute réponse, Ange émet une bulle silencieuse.

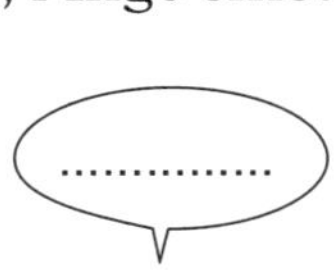

Avant que j'aie pu réagir, son icône s'est volatilisée de l'écran.

— Oh…

Disparu. Sans doute effrayé par le ton de Hiro, qui était un peu dur.

— Sérieusement…, maugrée-t-elle, irritée. Personne n'a entendu ne serait-ce qu'un bout de rumeur ?

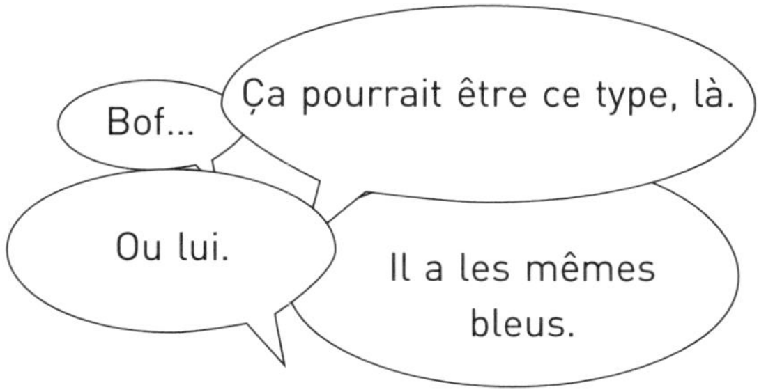

Les propos des AE se superposent les uns après les autres, rendant la lecture difficile.

— Qui ça, « lui » ?

Plusieurs liens apparaissent. Hiro clique sur l'un d'entre eux. Un navigateur s'ouvre pour afficher les résultats d'une recherche d'image.

Un jeune homme blanc nous regarde d'un air mauvais.

— Jelinek. Un illustre inconnu, qui donne dans l'art contemporain.

Ses longs cheveux noirs et raides, avec des mèches qui lui tombent sur les yeux, font très « artiste ».

Nous consultons son site internet.

Sur la page d'accueil figure une photographie dudit Jelinek, laissant voir un tatouage gravé sur sa peau pâle, présenté comme une de ses œuvres. En effet, le motif rappelle furieusement les ecchymoses du dragon, tant par sa forme que sa couleur et son emplacement.

Sur le même site sont exposées des photographies provenant des réseaux sociaux. Un autoportrait peint, une jeune femme à lunettes qui semble être sa petite amie… mais aussi, bizarrement, une scène d'accident de la route ou encore un paysage de cimetière hérissé de pierres tombales. Pourquoi montrer des choses pareilles ? C'est d'un sinistre…

— Il a commencé à se faire tatouer des bleus sur le corps il y a six mois. Cela coïncide avec la période où est apparu le dragon. Depuis, la valeur de ses œuvres a été multipliée par vingt.

Les informations que débite Hiro m'arrachent un geignement.

— C'est louche…

Je n'ai aucune envie de parler à un type pareil, encore moins de lui être associée.

— Tiens, il y a les coordonnées de son agent.

— Hein ?

— On n'a qu'à le contacter.

— Quoi ? Sérieux ? Attends une minute !

Avant que j'aie pu l'en dissuader, Hiro a cliqué sur le bouton d'appel vidéo. Une tonalité retentit. Que faire ? Moi qui ne voulais surtout pas lui parler !

L'agent nous met en relation avec Jelinek.

Ici, nous sommes en fin d'après-midi ; là-bas, c'est la nuit.

— Je n'ai rien à vous dire, décrète l'artiste, maussade, depuis son atelier.

Même à travers la traduction automatique, sa frustration est palpable. Vêtu d'un tablier taché de peinture, le pinceau à la main, il semble être en plein travail. Les tatouages qui dépassent des manches de son t-shirt ressemblent bien aux hématomes du dragon.

— Que signifient vos tatouages ? demande Hiro, changeant de ton.

— Mais qui êtes-vous, enfin ?!

— Où étiez-vous hier soir, avec qui, et que faisiez-vous ?

Jelinek a beau s'emporter, Hiro ne se laisse pas impressionner.

La communication passe en mode galerie, laissant apparaître nos silhouettes à l'écran : deux figures sinistres, impossibles à identifier, affublées de casques de protection et de grands masques, les yeux dissimulés par des franges et les mains croisées devant le nez. Pas étonnant qu'il soit sur la défensive.

Secouant la tête d'un côté et de l'autre, visiblement excédé, Jelinek obstrue la caméra dans un geste colérique.

— Foutez-moi la paix !

— Pourquoi ne voulez-vous pas nous répondre ?

— La ferme !

L'écran s'assombrit. « Vous avez été déconnecté. »

Nous ôtons nos masques.

— Il a bel et bien quelque chose à cacher, murmure Hiro.

Elle repasse l'enregistrement de la conversation au ralenti. Le visage agressif de Jelinek bloquant l'écran s'approche toujours plus, menaçant.

Le lendemain, dans la salle d'étude, nous poursuivons notre enquête internationale.

Je prépare du thé (apporté de la maison) et recouvre la théière d'un cache-pot pour la maintenir au chaud. Hiro en boit une tasse, la soucoupe à la main, tandis qu'elle interroge des AE du monde entier.

— Il n'y a vraiment personne d'autre ?

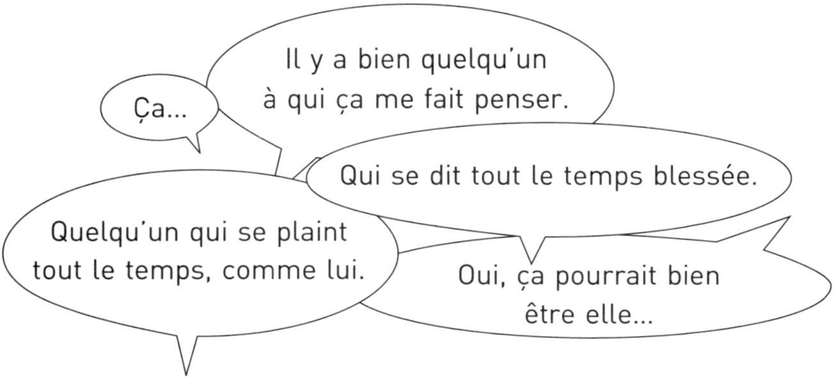

— Une femme ?

Je lève le nez. Après tout, il y a bien des dragons femelles.

Hiro examine aussitôt une image de l'intéressée.

C'est une femme d'origine asiatique et d'âge moyen, à la silhouette corpulente et à la mine mauvaise.

Elle arbore manteau de fourrure et grosses lunettes noires. Son sourire plein de dents a quelque chose de menaçant.

— Je te présente Swan. Elle possède des comptes sur toutes sortes de réseaux sociaux, où elle passe son temps à écrire les pires méchancetés, chercher la bagarre et parler à tort et à travers. Son refrain préféré : « Tu m'as blessée. » Un vrai monstre, qui s'entête cruellement à pousser ses adversaires dans leurs derniers retranchements.

Une série de captures d'écran défile, dévoilant ses écrits sur les réseaux sociaux. Anglais, chinois, malais... Autant de langues que je ne lis pas, mais je n'en ai pas besoin pour deviner que, visiblement, elle ne dit que des horreurs.

— La vache...

— Tiens, j'ai trouvé son profil sur une plateforme de vidéoconférence, annonce Hiro.

— Hein ?!

— On va l'appeler, dit-elle en desserrant sa cravate.

— Eh, attends une minute !

Je pose précipitamment mon thé pour chercher de quoi masquer mon identité. Pas de casque à portée de main, aujourd'hui. Hiro se recoiffe rapidement, chausse ses lunettes à monture noire et va jusqu'à appliquer du rouge à lèvres. Quant à moi, je fais chou blanc. La tuile... La sonnerie d'appel retentit. Aaah !

Swan apparaît sur l'écran de chat.

C'est une jeune femme élégante et à l'expression châtiée, très différente du visage qu'elle affiche sur le web ; elle semble même réservée. Des cheveux bruns, des lunettes à monture métallique. Sa robe sans manches est d'une couleur vive, quoique pas désagréable. Au fond de son salon spacieux, on aperçoit une longue table pouvant accueillir une vingtaine de convives, dressée et agrémentée de fleurs fraîches.

— Nous avions quelque chose à fêter, aujourd'hui, explique Swan avec un sourire doux.

— Un anniversaire ? demande Hiro, grimée en journaliste.

— Oui, celui de mon mari. C'était beaucoup de travail, mais mes filles m'ont aidée à préparer le gâteau.

— Oui, j'ai vu ça sur votre profil.

— Tiens donc ?

Elle a posté sur les réseaux des photos de ses deux filles exhibant la pâtisserie. En faisant défiler la page, je remarque un cliché des fillettes agrippées à leur père, un dandy à la barbe soignée.

— Votre famille semble très unie.

— Mais êtes-vous sûre de vouloir m'interviewer ? Je ne sais pas si je corresponds vraiment au profil recherché de la « ménagère idéale », minaude Swan.

Hiro prend son ton le plus obséquieux pour la rassurer :

— Bien sûr ! Notre lectorat serait ravi de partager votre bonheur. Je vous recontacte dès que j'ai plus de détails.

Fin de la visioconférence.

Je lève la tête, soulagée de constater que le cache-pot a suffi à dissimuler ma présence.

— Elle n'a pas l'air méchante du tout…

— Tu parles ! Elle ment comme elle respire, décrète Hiro, détachant ses cheveux et ôtant ses boucles d'oreilles. Elle n'a ni filles ni mari. Même le gâteau, il vient d'un traiteur.

— Pardon ?!

— La vidéosurveillance montre qu'elle se fait tout livrer, y compris la nourriture, depuis des mois. Et toutes les photos postées sur les réseaux sociaux proviennent de banques d'images. Celle-ci, celle-là, celle-là aussi…

Un gâteau fait maison, deux adorables fillettes et leur dandy de père… Cette femme riche, vivant seule dans une si grande maison, s'est inventé sur les réseaux la famille idéale.

Un frisson me parcourt l'échine.

— Mince alors… Pourquoi elle fait ça ?

Swan passe en effet son temps sur les réseaux sociaux du monde entier, à écrire « *You hurt me* (tu m'as fait du mal) », dans plusieurs langues.

— Elle n'a pas d'alibi, et fait preuve d'une agressivité sans égale, analyse froidement Hiro. En admettant que ces posts fassent référence à ces fameux bleus… ça pourrait être elle, le dragon.

Des « blessures »… Les ecchymoses sur le dos du dragon… Peut-être…

Sur un forum anonyme, un fil de discussion intitulé « Enquête sur l'identité de Dragon » regroupe des informations d'une authenticité douteuse.

« Dites, les Justices, combien vous prenez pour un de ces appareils capables de dévoiler un tiers ? »

« Imbécile. Ce n'est pas une question de finances, mais de failles dans le système. »

« Mais pourquoi on leur accorde une autorité supérieure, alors ? »

« Chères Voix, merci de corriger ce bug au plus vite. »

« Dès que vous aurez dévoilé le dragon. »

Stade de base-ball d'Anaheim, en Californie.

Campé à la droite du marbre, Fox, joueur de champ extérieur pour les Wildebeests, frappe une balle rapide en plein cœur de la batte avant de s'élancer.

— Oooooooh !

La foule se déchaîne.

— Voici Fox, batteur vedette de la MLB qui a participé aux World Series l'an dernier. Il est très populaire, mais la rumeur lui prête un terrible secret, déclare le commentateur vétéran comme on vanterait les mérites d'un produit nouvellement en stock.

— La rumeur ?

L'animateur de l'émission – un programme populaire, à l'impressionnante longévité – se penche d'un air conspirateur.

Le moniteur géant dressé dans le studio montre le visage barbu et avenant de Fox qui contemple le ciel après avoir réalisé un *home run*.

L'expert baisse la voix, comme pour révéler un secret :

— Sous ce masque de gentleman se cache en réalité un homme violent.

À l'écran, on passe d'une vue dynamique de Fox en pleine réception glissée à un cliché pris lors d'une session d'entraînement de son équipe. Tandis que ses coéquipiers discutent, vêtus de chemises qui exposent leur peau au soleil brûlant, Fox court seul, à l'écart, en silence, dans un sweat à manches longues, sa capuche rabattue sur la tête. De la photo se dégage une certaine impression d'étrangeté.

Le commentateur poursuit :

— S'il n'ôte jamais sa veste même à l'entraînement, c'est parce qu'elle dissimule d'énormes cicatrices.

— Que dites-vous là ?!

Dans le studio, le public laisse éclater sa surprise et son inquiétude. « D'énormes cicatrices ? Inconcevable. Non, vraiment, je n'arrive pas à le croire. Pourquoi ? Est-il si dangereux que ça ? De quel genre de blessure parle-t-on ? »

L'animateur s'en fait l'écho parfait :

— Toute personnalité, aussi populaire soit-elle, a une face cachée qui ne manque jamais de nous décevoir profondément.

Le public pousse des cris d'approbation et de soulagement. Les célébrités ont toute une part d'ombre, on n'y peut rien, semblaient-ils dire. Si ce joueur vedette devait un jour être arrêté pour agression, les spectateurs qui acquiescent en ce moment n'en seront pas étonnés. Sans doute diront-ils à leurs proches : « Oh, lui, il m'a toujours semblé louche, depuis le début. »

Sur le grand moniteur, Fox affiche un sourire éclatant.

C'est Hiro qui a enregistré l'émission pour me la montrer.

Je contemple les yeux bleus de Fox.

« C'est parce que sa veste dissimule d'énormes cicatrices… »

Les paroles du commentateur flottent dans mon esprit.

Des cicatrices…

Pourrait-il être notre homme ?

— Bonjour. Moi, c'est Gogo le Rigolo.

— Et moi, Monsieur Tristoune.

Gogo le Rigolo est une mascotte de chien peu fiable vêtu d'un t-shirt.

Monsieur Tristoune, quant à lui, est un personnage en forme d'œuf dont la coquille est fêlée au sommet du crâne.

Ensemble, ils animent une émission sur une plateforme de vidéos en ligne.

— Tu en as entendu parler ? demande Gogo le Rigolo à son acolyte.

— De quoi ?

— De cet AE très populaire auprès des enfants.

— Comment ? Plus populaire que moi ? Qui c'est ?

— Populaire, toi ? Tu te crois encore dans les années 1990 ?

Une image de Dragon apparaît soudain, projetant les deux mascottes à la renverse.

— Ouah !

— Réponse : Dragon.

— Pourquoi tout le monde le déteste ?

Monsieur Tristoune frappe l'image du dragon.

Les enfants du monde entier envoient des bulles de commentaire en simultané : il s'agit d'une diffusion en direct. Les enfants sélectionnés peuvent s'adresser aux deux mascottes à l'aide de leur smartphone.

Gogo le Rigolo lit les noms et les âges des participants.

— Aileen, 13 ans, et Omari, 10 ans.

— Le repaire du dragon est appelé « château », disent les enfants, surexcités.

— C'est la compétition pour savoir qui le trouvera le premier.

Gogo le Rigolo annonce les participants suivants.

— Camille, 16 ans, et Jake, 13 ans.

— Si vous le trouvez, qu'est-ce que vous faites ? leur demande Monsieur Tristoune.

— Je me prends en photo avec lui !

— Moi, je lui serrerai la main !

— Suivants : Charlie, 18 ans, Leo, 9 ans.

— C'est un méchant, non ?

— Les méchants c'est cool.

— Il parle pas, mais il est fort.

— Viennent ensuite : Tomo, 11 ans, et Kei, 14 ans.

— Il ne vous fait pas peur ? s'étonne Monsieur Tristoune.

— Le dragon… comment dire… c'est mon héros…

Pâle, Tomo incline la tête.

— Tu as mal au cou, mon garçon ?

Pour toute réponse, l'enfant promène ses yeux vides. Quelque chose, chez lui, sort de l'ordinaire. Décontenancé, Monsieur Tristoune s'adresse ensuite à Kei, entièrement vêtu de noir.

— Le grand, là, derrière, regarde par ici.

Pas de réaction.

Kei ne prend pas la peine d'obéir.

Je regarde la vidéo depuis mon lit.

— Un héros…

Conspué sur les réseaux sociaux, Dragon est un héros aux yeux des enfants. Où se trouve la vérité, enfin ?

À peine ai-je arrêté le live que l'application me propose des vidéos associées, parmi lesquelles un enregistrement du petit Tomo, le garçon pâlichon que je viens de voir. Je clique dessus.

— Oui. Il n'y a que nous trois. Ils s'entendent très bien et débordent d'énergie, même sans leur mère.

Les mains sur les épaules de ses enfants, le père est un solide gaillard aux sourcils épais. Tomo, lui, se tord les doigts, le regard toujours aussi vide. En noir des pieds à la tête, Kei garde le silence, les yeux rivés au sol. Il existe toutes sortes de familles, aux situations variées. La nôtre en fait partie. *À ceci près que mon père et moi ne nous entendons pas et manquons d'entrain.*

— On se soutient mutuellement, et on s'amuse bien tous les jours.

Dans la vidéo, le père regarde ses enfants avec le sourire.

Je fixe l'écran, songeuse.

Chez nous, c'est une autre histoire.

Sur un site de discussions instantanées, un jeune homme d'apparence démunie diffuse depuis sa chambre.

— Dragon, c'est un vieux pote, on se connaît depuis toujours, dit-il en tendant son smartphone devant la caméra pour montrer une image de la créature.

Sur un site du dark web, un jeune coiffé d'une tête de peluche secoue le chef visiblement défoncé.

— On s'entend vachement bien, lui et moi.

Sur un site louche, des jeunes femmes en maillot de bain sexy streament, étendues sur un lit *king size* éclairé de lumières roses.

— En vrai, c'est un type très riche. Si vous voulez en savoir plus sur sa magnifique villa, il suffit de cliquer ici, dit l'une en agitant les hanches dans une pose provocante.

Une série de commentaires défilent au bord de l'écran.

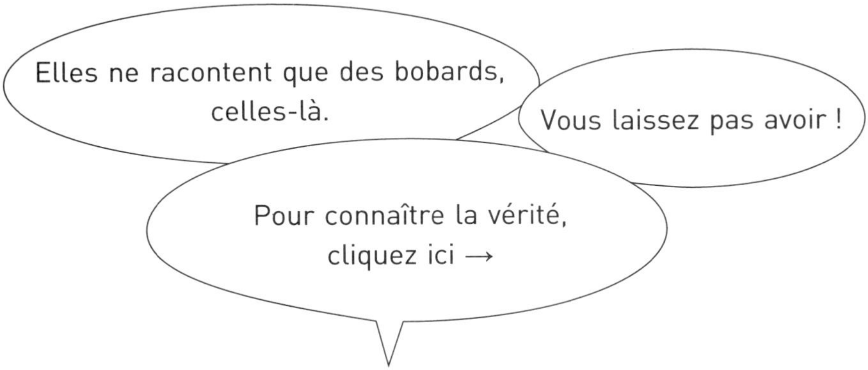

Le nombre de personnes prétendant être amies avec le dragon ou connaître ses secrets augmente de jour en jour.

Difficile de savoir où se trouve la vérité dans un tel capharnaüm.

Les rumeurs le concernant ne cessent de se multiplier.

Dans les rues étincelantes de U, les murmures des AE continuent de se propager à l'infini.

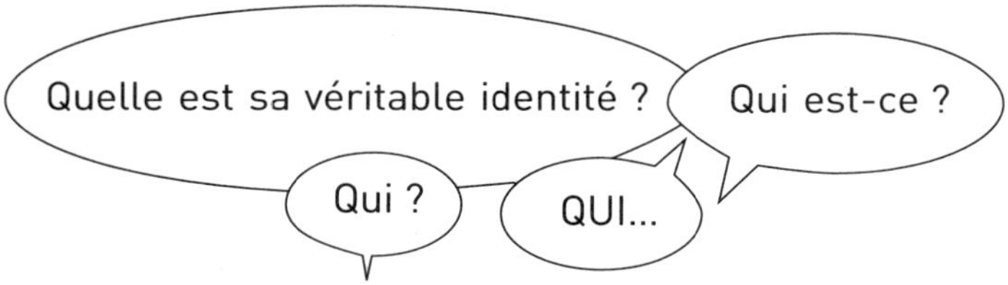

Le château du dragon

Chez les anciens, c'est l'effervescence.

Un supermarché mobile s'est installé dans le quartier, sur le parking de Fureai no Sato, pour la journée, et tout le monde se presse pour y faire des emplettes.

Fureai no Sato est l'un de ces centres d'activités communautaires comme on en trouve un peu partout dans notre préfecture. Géré en parfaite autonomie par la population locale, il met en avant les produits de la région.

On y sert également des repas.

Le menu est inscrit sur un tableau blanc : « Formule riz et accompagnement – 400 yens. »

Hiro et moi prenons place au fond de la salle. Lorsque je l'ai emmenée ici pour la première fois, l'endroit lui a tout de suite plu. Aujourd'hui, elle fait signe à la dame de service, comme une habituée.

— Mamie Tsutsui ! Deux formules, s'il vous plaît.

— Tout de suite.

Le dos voûté, mamie Tsutsui rejoint la cuisine. C'est un vrai cordon bleu. Un jour, en primaire, je lui ai demandé quel âge elle avait ; elle m'a répondu 85 ans. Maintenant encore, si je lui demande, elle répond 85 ans. Mieux vaut ne pas trop s'interroger. C'est dire à quel point elle tient la forme, physiquement.

En attendant nos plats, Hiro me montre un extrait des infos sur son smartphone.

Cerné de journalistes, Jelinek parle d'un ton grave :

— Comment peut-on oser dire qu'il s'agit d'un simple coup de publicité ? J'ai perdu l'amour de ma vie dans un accident, j'en suis encore dévasté. Mes tatouages représentent les blessures qui lacéraient ses chairs.

Une forêt de caméras se braquent sur lui tandis qu'il couvre son visage en pleurs, agenouillé devant une pierre tombale.

Je me rappelle l'image du cimetière affichée sur son site internet. Il y avait aussi la photo d'une scène d'accident – celui dans lequel sa petite amie à lunettes avait trouvé la mort, son véhicule pulvérisé. Je ne m'attendais pas à un tel côté sentimental chez lui.

— Eh bien… On a tous des choses à cacher, je suppose.

Autrement dit, il m'a l'air honnête.

Hiro me dévisage comme si j'avais perdu la tête.

— Quelle naïveté ! C'est ce qu'il veut nous faire croire, pour couvrir un autre secret bien plus terrible.

— Ce que tu peux être méfiante.

— Évidemment. La question est de savoir ce qu'il dissimule, au juste.

— Tout le monde a des secrets.

— Toi y compris, Suzu.

— Et toi aussi.

— Moi ? Je n'ai pas de secrets.

— Pourtant, quand tu regardais tes photos sur ton smartphone…

Soudain, Hiro s'empourpre, visiblement troublée.

— A-attends une minute !

— … j'y ai aperçu M. Terada, le prof de physique.

— Arrête, par pitié ! chuchote Hiro en serrant son téléphone contre son cœur.

C'est le moment que choisit mamie Tsutsui pour apporter nos plateaux.

— Et voilà, deux formules !

Dans la galerie de photos de Hiro figure un cliché de M. Terada, tout sourire, devant un tableau noir rempli de problèmes de physique dont il vient de vérifier les solutions.

— De toute façon, pour lui, je ne suis qu'une élève parmi les autres…

Hiro détourne le regard, les mains plaquées sur ses joues cramoisies.

— Il ne faut surtout pas le dire à mes parents. Ils sont convaincus que je suis une petite fille sage.

— T'inquiète.

— Si elle l'apprenait, ma mère pleurerait à en mourir. Tiens, tu ne sais pas ce qu'elle m'a dit l'autre jour…

Elle s'interrompt soudain.

— Désolée.

— Ce n'est rien.

Elle presse les mains devant sa bouche.

— Si, je suis vraiment désolée.

— Il ne faut pas. Vous, au moins, vous avez de vraies discussions…

Je baisse les yeux sur mon assiette. Tempura de légumes, haricots et tofu mijotés, potage, légumes marinés.

— C'est pas comme chez nous. Depuis la mort de maman, c'est à peine si on s'adresse la parole, mon père et moi.

Je fais tout pour éviter de le croiser. Quant à lui, il s'inquiète mais garde ses distances. Enfin, ce n'est pas une vie, ça. Combien de temps encore allons-nous prendre nos repas séparément, alors que nous ne sommes que tous les deux ?

Je garde ces pensées pour moi, cependant.

— Je sais bien…, murmure Hiro en me dévisageant. Mais je suis là, moi.

Saisissant ses baguettes, elle se jette sur sa nourriture, mastiquant bruyamment.

— Allez, mange, au lieu de broyer du noir !

Devant son insistance, je prends une bouchée de riz. Les joues encore pleines, Hiro se retourne, l'index et le majeur dressés.

— Mamie ! Deux bols de nouilles !

— Ça marche !

Mamie Tsutsui passe la tête hors de la cuisine.

Ses nouilles sont fameuses.

Hiro a déniché une nouvelle info.

Si l'on s'éloigne du courant principal de ce grand fleuve qu'est U pour rejoindre la mer de nuages, on aperçoit une myriade d'îlots flottants, dont il se dit qu'il s'agirait d'anciennes unités mises en service à l'ouverture de U. Ce sont les vestiges d'anciens serveurs dont l'activité a été suspendue et qui ont été fermés depuis. Parmi eux se cacherait le « château du dragon ».

Capuche rabattue sur la tête, je me dirige vers une de ces unités suspectes.

— Ah !

Apercevant une silhouette, je me précipite derrière un pilier.

Des membres de la brigade des Justices. Ils semblent chercher quelque chose, mais finissent par s'éloigner. Peut-être sont-ils venus fouiller les lieux, munis de la même information que moi.

Je sors de ma cachette et balaie les environs du regard.

— Tu es sûre que le château se trouve parmi ces ruines ? demandé-je.

— Cette fois il n'y a pas d'erreur possible !

— Alors pourquoi je suis toute seule ?

Nulle trace d'Eroh.

— J'ai cours avec Terada. Je regarderai la vidéo plus tard. Allez, salut !

— Franchement…

À l'image du courant principal, l'unité se divise en deux modules, « gratte-ciel » et « parc ». Malgré son nom, ce dernier ne compte pas le moindre atome de verdure : il s'agit d'une place hérissée de pyramides imitant des conifères et pavée de composants ronds, dont certains sont déchaussés, quand ils ne manquent pas, tout simplement. Me frayant lentement un chemin à travers ces décombres, je franchis un portail menant au module des gratte-ciel.

C'est alors qu'une voix retentit.

— Tu cherches quelque chose ?

Au centre de la rue principale qui traverse le bloc de bâtiments désaffectés, une présence me regarde.

Une créature mystérieuse, comme la fusion d'une belle jeune femme et d'un concombre de mer blanc, gracieusement suspendue dans les airs. Une beauté au corps d'holothurie, ou devrais-je plutôt dire une bestiole marine à visage humain ?

— Qui es-tu ?

— Une IA. Je sais tout.

Dans sa chevelure rose est accroché un ravissant petit accessoire en forme d'étoile de mer. Serait-ce une sirène ?

Autant se montrer franche.

— Je cherche le château...

L'IA-sirène glousse en agitant ses tentacules dorsaux, comme pour nager.

— Je m'en doutais.

— Pardon ?

En un clin d'œil, le paysage change autour d'elle.

Avant même que j'aie pu comprendre ce qu'il se passe, je me trouve au bord d'une chute d'eau spectaculaire.

— C'est ici ?

Pour toute réponse, la sirène se contente d'agiter ses tentacules avant de reprendre sa route.

— Ah, attends !

Je me lance à sa poursuite, mais je l'ai vite perdue de vue.

— Où suis-je ?

Les racines des arbres entremêlées rendent la marche ardue, comme s'ils tentaient de me barrer le passage. J'erre un moment au cœur de cette profonde forêt vierge, complètement perdue.

Le souffle court, je transpire sous mon épais manteau. Ma capuche s'accroche à une branche. En l'absence de chemin tracé, impossible de savoir où je vais aboutir. Mais ce n'est pas en restant sur place que je me sortirai de ce labyrinthe… Je n'ai pas d'autre choix que d'aller de l'avant, même en aveugle.

J'arrive devant un arbre étrange, dont les branches et le tronc s'entrelacent étroitement autour d'un énorme rocher. Je ne saurais dire s'il l'embrasse ou s'il tente plutôt de l'étrangler. Je m'arrête, sans savoir où aller.

— Tu es perdue ? demande une voix.

— Euh…

Une créature mystérieuse, sorte de fusion entre une jeune femme et une crevette-mante, me regarde.

Une autre sirène, à l'abondante chevelure verte et bouclée, la taille ceinte d'une espèce de tutu. Encore une IA ?

— Je cherche le château…

La sirène glousse, agitant ses trois paires de jambes.

— Je m'en doutais. Laisse-moi te montrer le chemin.

— C'est-à-dire que...

Avant d'avoir pu protester, je me trouve projetée dans un nouveau lieu.

En bord de mer.

Sur une grande plage parfaitement plane, déserte à perte de vue. Le vent souffle avec force.

Après avoir foulé le sable humide, je marche sur un miroir d'eau où se reflètent les nuages. Quelle direction choisir ? Tout ce que je vois, c'est l'horizon.

À bout de souffle, je continue de poser un pied devant l'autre. Je ne suis même pas sûre d'avancer à proprement parler. Me voilà encore perdue, semble-t-il. Certes, ce haut-fond est plus facilement praticable que le dédale de la forêt vierge, mais le paysage ne change pas, quelle que soit la distance parcourue. Acculée mentalement, j'ai l'impression de me démener en pure perte.

— Où suis-je... ? me demandé-je à voix haute entre deux halètements.

Le château existe-t-il vraiment ?

Soudain, une nouvelle voix m'interpelle :

— Tu es perdue ?

Sur le sable gît une pile de coquillages aux couleurs chatoyantes, derrière laquelle une mystérieuse créature, sorte de fusion entre une ravissante jeune femme et une anémone de mer aux formes élancées, m'observe.

— Pardon ?

Un minuscule visage apparaît au sommet de son corps tubulaire, rose et souple. À l'extrémité opposée se déploient quatre doigts, aux ongles vernis avec goût.

— Tu cherches le château, n'est-ce pas ? devine la sirène d'un air informé avant même que j'aie pu lui demander mon chemin. Que cela reste entre nous.

— Ah, attends !

Trop tard.

En un clin d'œil, mon champ de vision s'emplit de nuages blancs.

— Ah ! Où suis-je ?

Partout, mes yeux ne rencontrent que blancheur à perte de vue. À ce stade, je ne suis même plus perdue. Une violente anxiété s'empare de moi.

— Je ne vois rien ! Ah…

Ma fin est-elle arrivée ? La terreur monte en moi.

— Imbécile, tu t'es fait promener.

Je me retourne en direction de la voix.

— Hein ?!

Une créature flotte doucement dans cet océan de nuages.

C'est Ange, qui agite tranquillement ses petites ailes translucides.

— À ce train-là, tu ne le trouveras jamais.

— Dois-je en déduire que tu sais où se trouve le château ?

— Viens plutôt jouer avec moi.

Les nuages se dissipent peu à peu pour révéler un paysage de montagnes. Un étroit sentier serpente jusqu'au sommet d'une pente rocheuse baignée de lumière.

— C'est par là. Suis-moi.

Ange se retourne, comme pour m'inviter, avant de se mettre en route.

— Ah... attends !

Je lui emboîte le pas. Bientôt, j'aperçois une énorme silhouette dressée au sommet de la montagne, tapie derrière la couverture nuageuse. Je la contemple. Peu à peu, le ciel s'éclaircit.

Je commence à distinguer quelques éléments d'architecture. Qu'est-ce que ça peut bien être ?

Quelle construction étrange. Quelle forme curieuse. Serait-ce...

— Le château !

Est-ce vraiment là la demeure du dragon, comme le prétendent les informations recueillies par Hiro ?

Peu convaincue, je pousse l'immense porte.

Un grincement caverneux se fait entendre.

Ange se glisse sans attendre par l'ouverture.

Puis-je aussi y entrer ? J'hésite, bien sûr. Mais j'ai fait un tel chemin, fourni tant d'efforts pour trouver cet endroit. Rassemblant mon courage, j'écarte la porte en grand.

— Il y a quelqu'un ?

Pas un chat.

Je tente d'acclimater mes yeux aux ténèbres environnantes. Le bruit de mes talons se répercute sur le sol en marbre, au motif de damier. Au centre du vestibule se dresse un vaste escalier, digne d'un château médiéval.

— Waouh..., laissé-je échapper en levant les yeux.

À mieux y regarder, cependant, le haut plafond et les épais piliers sont gravés de détails aux formes étranges. Peut-être l'architecture n'est-elle pas si médiévale qu'elle en a l'air ? Par endroits, le décor semble pixelisé. Sans doute les données ont-elles été corrompues.

— Dépêche-toi, me presse Ange, déjà dans l'escalier.

Je m'élance à sa suite.

Quelque part, des jeunes filles chuchotent.

— Qu'est-ce qu'elle fait là ?

— Elle a quand même réussi à entrer…

Pas de doute : ce sont les sirènes qui m'ont égarée, tapies dans l'ombre.

Je les entends encore murmurer derrière une statue effrayante tandis que je parcours le long couloir.

— Que faire ?

— Le maître sera fâché…

Je poursuis mon chemin, comme si de rien n'était.

L'ange me conduit dans une cour intérieure. Le pilier carré aux allures d'obélisque situé en son centre se transforme en cube et tourne sur lui-même. Ici aussi, les données ont été corrompues. C'est pourtant un tout autre détail qui attire mon attention.

Un parterre de roses.

Des fleurs qui se sont épanouies là, sauvages, dans ces ruines numériques.

— Qu'elles sont belles…

Elles ressemblent à s'y méprendre à des vraies. Leur robe se pare de couleurs magnifiques, allant du blanc, rouge ou pêche au carmin profond et au noir. Abaissant ma capuche, je m'approche, les narines emplies de leur parfum doux et aromatique.

— C'est moi qui les fais pousser, déclare Ange avec fierté. Les roses secrètes…

— « Secrètes » ?

Je tends la main pour en cueillir une.

— Que veux-tu dire ? insisté-je.

Pas de réponse.

À la place, il me semble entendre le rugissement d'une bête surgissant derrière moi.

Je me retourne en sursaut pour apercevoir le dragon tapi à l'ombre d'un pilier.

— Que fais-tu ici ? gronde-t-il.

Je me fige avec un petit cri d'effroi.

Visiblement irrité, il sort brusquement de sa cachette pour s'interposer entre moi et la rose.

— Qui t'a autorisée à entrer ?

— Eh bien… Ange m'a guidée…

— Va-t'en, s'écrie-t-il sans me laisser une chance de m'expliquer.

— Mais…

— Va-t'en ! réitère-t-il brutalement, avant de quitter la cour en trombe.

Je reste un moment sur place, incapable de bouger, les genoux tremblants.

Secouant la tête, je tente désespérément de reprendre mes esprits.

— Attends… !

Je me lance à sa suite dans le long couloir.

— Si je suis venue ici, c'est parce que j'ai quelque chose à te demander !

Il est vêtu de misérables haillons, couverts d'innombrables ecchymoses correspondant exactement à ceux inscrits sur son manteau rouge lorsqu'il a fait irruption dans le Stadium. Apparemment, les bleus en question demeurent visibles en dépit de la réinitialisation de ses vêtements.

— Qui es-tu ? Dis-moi…

Décidément peu enclin à m'entendre, le dragon quitte le couloir pour rejoindre un grand espace ouvert.

— S'il te plaît, réponds-moi !

Il se retourne soudain pour me menacer d'un regard terrible.

— Sors d'ici, ou je te dévore !

Sa voix résonne, tonitruante, dans les ténèbres de la salle de bal en ruine.

Un frisson me parcourt à l'idée de finir déchiquetée par ces crocs acérés. Mais je ne vais pas me laisser abattre si facilement. Rassemblant tant bien que mal mon courage, je lui rends son regard hostile.

Soudain, de petits geignements se font entendre.

Une voix fluette glapit à la façon d'un chiot.

C'est Ange.

Il descend vers nous dans un mouvement de feuille morte, avant de disparaître, comme emporté par le vent.

— Où vas-tu ? demande le dragon, visiblement troublé, en se lançant à sa poursuite.

Dans sa voix pointe une inquiétude qui contraste avec l'attitude qui était la sienne un instant plus tôt.

Voilà qui me laisse perplexe.

La petite créature glapit de plus belle.

— Attends ! lâche le maître des lieux.

Tout autour de la salle de bal sont alignées douze portes, chacune surmontée d'un bas-relief différent. Grognant toujours, Ange en franchit une ornée d'un vortex.

Le dragon le suit de près. Je l'imite.

Je contemple l'escalier en colimaçon du château tout en gravissant ses marches fissurées. Ici et là, de gros pixels trahissent les données corrompues.

À l'étage m'attend un balcon. Les données du mur extérieur sont à nu, comme si la construction avait été abandonnée en cours de route.

Glapissant toujours, Ange sort sur le balcon.

— Attends..., grommelle le dragon en se penchant, à deux doigts de basculer dans le vide.

Il enveloppe la petite créature de ses deux mains, avant de l'attirer à lui, en prenant soin de ne pas la blesser. Lorsqu'il écarte les paumes, la poitrine d'Ange palpite, comme frappée de tachycardie.

— On a des ennuis ? Dis... on a des ennuis ? demande-t-il d'une voix ténue, au bord de la rupture.

— Mais non, n'aie crainte. Tout va bien, lui assure le dragon d'une voix douce.

La délicatesse dont il fait preuve semble à l'exact opposé de la violence dont il s'est montré capable jusqu'à présent. En retrait derrière lui, je le contemple fixement.

Avant de laisser échapper, sans réfléchir :

— Dis-moi…

Le dragon se retourne et pose sur moi ses yeux perçants.

Je reformule ma question avec candeur.

— Quel est ton vrai visage ?

Silence.

Il s'éloigne sans même me répondre.

Je me précipite derrière lui tandis qu'il traverse le couloir à grandes enjambées.

— Attends !

Tournant à un coin, il ouvre une grande porte et pénètre dans une pièce.

— Attends !

La porte se referme avec fracas juste devant mon nez.

Je pose les mains sur le battant, désemparée.

Sans cesser de penser au vrai visage du dragon.

Amour

— Suzu est amoureuse. D'un mauvais garçon, qui plus est, déclare soudain Mme Nakai pendant la pause.

— Quoi ?!

Sa remarque me tire de ma rêverie, alors que je me remémorais les événements survenus au château du dragon, les mains sur le piano et les yeux dans le vide.

— M-mais… p-pas du tout ! protesté-je, paniquée, tandis que le rouge me monte aux joues. Pourquoi vous dites ça ?

— C'est écrit sur ton visage, insiste Mme Nakai sur le ton de la détective énumérant les indices.

Que répondre à ça ?

Assises sur un banc, les choristes échangent des sourires entendus.

— Les lycéennes adorent les voyous, c'est bien connu…, dit Mme Kita en s'éventant.

— « En réalité, c'est une âme tendre et solitaire », c'est ça ? me taquine Mme Okumoto, les deux bras sur le dossier du banc.

— « Je suis la seule à le comprendre » ? renchérit Mme Nakai par-dessus son verre.

Elles s'esclaffent à l'unisson.

— Mais puisque je vous dis que c'est faux !

J'ai beau savoir qu'elles plaisantent, je ne puis m'empêcher de protester. Quelque chose me dit pourtant que cela ne fera qu'apporter de l'eau à leur moulin.

— Et si tu lui offrais un cadeau ? me suggère Mme Hatanaka.

— Pardon ?

— J'ai fait ma terminale aux États-Unis, dans l'Ohio. Là-bas, il y avait un garçon au regard perçant qui ne se mêlait jamais aux autres.

— Du genre loup solitaire ?

L'éventail devant sa bouche, Mme Kita écarquille les yeux comme une jeune fille effarouchée.

Mme Hatanaka hausse discrètement les épaules.

— Comme j'en pinçais un peu pour lui, j'ai décidé de lui offrir un cadeau pour son anniversaire.

— Qu'est-ce que tu lui as offert ?

— Une chanson.

— Une chanson ? répètent les autres en chœur.

Mme Hatanaka se focalise sur moi.

— Un chant d'anniversaire, que j'ai composé et chanté devant lui.

— Merveilleux, s'exclame Mme Yoshitani, la main sur le cœur. C'était une chanson d'amour.

— Lui qui avait toujours la mine grave, pour la première fois, je l'ai vu sourire, l'air heureux.

— Vous êtes sortis ensemble ?

— Ha ha, penses-tu !

— Pourquoi pas ?

— Parce que c'était un petit de quatrième.

— Heiiin ?! s'écrient les autres d'une seule voix.

— Mais j'étais très touchée de le voir pleurer quand on s'est dit au revoir à l'aéroport.

Je contemple le magnifique profil de Mme Hatanaka. Elle devait être si belle, à mon âge... Je me demande ce qu'est devenu ce garçon... Se souvient-il encore du cadeau qu'elle lui a fait à l'époque ?

Sur le chemin de la maison, je réfléchis tout en marchant le long du fleuve Kagami.

— Une chanson d'amour... Je n'en ai jamais écrit, mais...

Levant le nez, je scrute les environs. Le fleuve est si limpide, aujourd'hui. Les bâtiments de la ville s'y reflètent comme dans une glace. Des enfants s'amusent sur la rive opposée. Des jeunes femmes jouent au badminton. J'aperçois le parking du sanctuaire Yamauchi. Un couple âgé marche, en parfaite harmonie. Ils croisent un cycliste.

Fragments d'un quotidien banal.

Ne peut-on trouver une beauté cachée à un chemin qu'on a l'habitude d'emprunter ?

Deux bergeronnettes du Japon se promènent à la surface de l'eau, attirant mon regard.

Une mélodie me vient en tête alors que je contemple leurs mouvements.

Quittant la surface liquide, les petits passereaux s'élèvent dans un ballet gracieux. Les suivant des yeux, je me sens gagnée par un sentiment de liberté, moi aussi.

Le soleil de l'après-midi, éblouissant, me pousse à fermer les paupières.

Une image se rappelle à moi : celle de Shinobu, debout sur le terrain de basket.

Mesure à 6/8, tempo modéré.

Emportée par les sentiments, j'esquisse quelques pas de danse.

Une nouvelle image de Shinobu remonte. La sensation de sa main qui serre la mienne.

Comme une rivière qui s'écoule lentement.

Le dragon apparaît derrière mes paupières, posant sur moi son regard acéré.

Soulevant les talons, je tourne sur moi-même, comme dans un bal.

Une autre image de la créature se manifeste. Sa voix retentit, douce et délicate.

Je... non, mon alter ego, Belle, ne peut s'empêcher d'éprouver de la curiosité à son égard.

C'est indéniable.

Mais peut-on appeler cela de l'amour, comme le suggère Mme Nakai ?

Je ne sais pas.

L'amour...

Jamais je n'en ai fait l'expérience.

Pourtant, il existe un recoin de mon cœur que j'ai toujours gardé caché.

Dans lequel se terrait un sentiment.

Viendrait-il du même endroit ?

Dans ce cas…

Quelle valeur peut-il avoir ?

Pour ma part…

Ah, peu importe. *Librement*.

J'y mets du cœur.

Après avoir goûté la résonance finale, j'ouvre les yeux.

Sans m'en rendre compte, je suis arrivée à l'aqueduc qui précède le pont Yanagihara.

— Oui…

Ce n'était pas trop mal. Un morceau paisible, un peu mélancolique, peut-être. Mais sans doute l'un des meilleurs parmi mes créations récentes.

— Je devrais l'enregistrer.

Je balaie plusieurs fois l'écran de mon smartphone en quête de l'appli de composition quand, soudain, mon doigt se fige.

— Tiens… ?

Je retourne en arrière.

Les pastilles de notification accolées aux icônes des applis de réseaux sociaux affichent des nombres inhabituels : 200, 250, 350…

— Qu'est-ce que… ?

Interloquée, j'en ouvre une.

Une avalanche de commentaires défile à l'écran.

Cette fille, elle tenait la main de Shinobu.

Tu es sûre d'avoir bien vu ?

Pourquoi elle ?

Ils sont amis d'enfance.

Mais c'est pas une raison pour faire ce qu'elle veut ?!

Pour qui elle se prend, elle se croit tout permis ?

— Mais… c'est quoi, ce délire ?!

Sur les réseaux, la rumeur s'est propagée à vitesse grand V parmi les filles du lycée. Je me sens blêmir. Ma main tremble autour de mon téléphone. Ne me dites pas que je suis en train d'assister à ma mise à mort sociale ?!

C'est la catastrophe !

Je me redresse, tourne les talons et détale dans l'obscurité.

Que faire ?

Le téléphone se met à vibrer entre mes doigts. Un appel ? Maintenant ? Sans cesser de courir, je décroche.

— Suzu !

— Hiro !

À l'autre bout du fil, Hiro m'assène cette question :

— Tu as déclaré tes sentiments à Shinobu ou quoi ?!

— Mais pas du tout !

— Et lui ?

— Encore moins, voyons !

— Alors pourquoi...

— Il m'a juste tenu la main...

— Vous vous êtes donné la main ?!

Nous voilà sur un champ de bataille.

Spéculation, suspicion, accès d'égoïsme et de haine font rage, à l'intérieur comme à l'extérieur du groupe de discussion. Sur les cases hexagonales de la carte représentant forêts, champs, villages, rivières ou encore littoraux, les pions de mes camarades se retournent d'un seul mouvement.

Toutes affichent des visages rageurs.

— On ne s'est rien donné du tout ! Il m'a juste attrapée !

J'ai beau m'expliquer, les filles me tombent dessus à bras raccourcis, les unes après les autres. Chaque impact fait dégringoler ma jauge de points de vie.

— C'est tout ?! En tout cas, ça a suffi à mettre le feu aux poudres. Sacré Shinobu ! Ça montre à quel point il est populaire.

— Mais j'ai rien fait, moi !!

— Ça n'empêche pas l'incendie de se répandre à toute vitesse. Séductrices ou timides, elles laissent toutes éclater leur frustration. Faut se calmer, les gens ! Ça fait peur à voir.

Les escarmouches éclatent çà et là. C'est toujours le même scénario : quelques individus passent en mode combat. Des cavaliers d'infanterie se regardent en chiens de faïence, toutes bannières dehors. À un autre endroit, deux groupes de fantassins armés de fusils se font face. Ailleurs encore, un bataillon équipé de grosse artillerie se trouve dans une situation critique.

— Mais… je croyais qu'on était toutes amies !

— Non mais tu es sérieuse ? À ce train-là, elles vont toutes montrer leur vrai caractère et ça va virer à la guerre nucléaire.

— Que faire ?

— On n'a pas le choix, je suppose.

Le pion de Hiro traverse la carte pour contourner le champ de bataille.

— Je vais tenter discrètement de calmer les plus furax. Toi, va dissiper le malentendu avec celles qui peuvent encore être raisonnées !

— Je vais essayer !

Les pièces tombent les unes après les autres dans le piège verbal tendu par Hiro, dans la confusion la plus totale. Un autre groupe s'engage aussitôt dans la brèche ; les pions des filles sont vite renversés. Du travail rapide, comme Hiro en a le secret.

Pleine de résolution, je fais irruption dans un des groupes.

— Écoutez-moi ! Shinobu et moi sommes amis d'enfance, c'est tout.

Je passe au groupe suivant.

— Il me voit comme une gamine, dis-je pour ma défense, désespérée. Jamais il ne sortirait avec une fille comme moi.

Épuisées par leur guerre éclair, les cheffes semblent avoir perdu de leur pugnacité. Le moment est parfaitement choisi pour leur faire entendre raison.

C'est pas faux...

Allez, les filles, on se calme.

Oui, du calme !

Leurs pions se retournent les uns après les autres comme dans un grand jeu de reversi, et leurs visages retrouvent leur expression normale.

C'est la trêve.

— Bonjour !

À peine arrivée chez Hiro, je m'écroule à genoux avec un cri. Mon téléphone tombe sur le tapis persan.

— Te voilà plus ou moins sortie de la gueule du loup, déclare-t-elle en m'accueillant, tablette en main.

Par terre, mon téléphone est inondé de messages d'excuses de la part des filles.

Adossée au mur, Hiro affiche une mine sévère.

— Le monde est cruel. Que Suzu, la pauvre fille, déclare sa flamme, et c'est la guerre. Mais si ça avait été Luka, personne n'y aurait rien trouvé à redire.

Nouveau message. Je saisis l'appareil pour le consulter.

— Tiens, c'est elle, justement.

— Oh ?

— « Excuse-moi de te déranger. Il y a quelque chose dont je voudrais te parler... »

Hiro plisse les yeux d'un air soupçonneux.

— Comme c'est commode. Tu ne trouves pas ça bizarre, qu'elle te contacte maintenant ?

— Comment ça ?

— C'est peut-être elle qui est derrière tout ça.

— Mais ça va pas, non ?

— Elle a des vues sur Shinobu, je le savais !

— Pourquoi une fille aussi charmante que Luka ferait une chose pareille ?

— Je ne sais pas, mais il y a un truc qui me déplaît chez elle.

— Elle veut sans doute des conseils parce que je le connais depuis toute petite, c'est tout.

— Moi, à ta place, je me méfierais.

Que répondre à ça ?

Après tout, je ne peux pas totalement balayer ses soupçons.

Longeant une nouvelle fois le fleuve Kagami, je rentre à la maison d'un pas traînant.

Le soir est déjà tombé.

Dans son message, Luka disait vouloir en apprendre plus sur la personne qu'elle aime. Il faut bien que je lui réponde, mais je ne sais pas quoi dire.

Je suis perdue.

J'oscille sans cesse entre admiration et suspicion à son égard. J'aimerais faire sortir ces sentiments douloureux qui se sont accumulés dans ma poitrine.

— J'en ai tellement marre…

Splash.

Je me retourne, interloquée.

Dans la lueur déclinante du crépuscule, je distingue le fuselage long et étroit d'un canoë qui glisse à la surface de l'eau.

Kamishin.

Les éclaboussures projetées par sa pagaie dessinent des arcs impeccables. Ses mouvements sont nets et précis.

En moins de temps qu'il ne faut pour le dire, son embarcation m'a dépassée.

— Tu t'entraînes dur, Kamishin.

— Oui, il ne se ménage pas, dit soudain une voix à mes côtés.

Je pivote comme au ralenti.

— Shinobu ?

— Ça fait une plombe que je l'attends, mais il refuse de sortir.

Sans que je m'en aperçoive, il m'a rejointe, les yeux rivés sur l'embarcation.

Je le fixe, incapable de bouger.

Shinobu continue de suivre son ami du regard.

— Suzu… il t'est arrivé quelque chose, aujourd'hui ? demande-t-il, comme si de rien n'était.

Je garde le silence.

— Tu peux me le dire, tu sais.

Shinobu serait-il au courant du scandale du jour ? Ce n'est pourtant pas l'impression qu'il donne. Cela dit, il pourrait très bien être au courant et faire semblant de ne pas l'être.

Je ne sais plus démêler le vrai du faux.

Quelque chose me dit qu'en cet instant, je pourrais lui poser une question d'ordinaire interdite. Malgré mes scrupules, je rassemble mon courage et me lance.

— À vrai dire, cela fait un moment que je voulais te demander, Shinobu…

— Quoi donc ?

Il me regarde.

— Eh bien…

Les mots ne veulent pas sortir.

Shinobu attend, impassible, pendant que je m'emmêle les pinceaux.

— C'est-à-dire que…

Je lève le nez, déterminée.

— Tu sais…

— Suzu !

C'est le moment que choisit Kamishin pour nous rejoindre, son canoë sur l'épaule.

— Tu rentres ? Moi aussi… Je viens de finir l'entraînement. Ah, je suis claqué !

Médusée, j'oublie de réagir.

— Ben alors, qu'est-ce que tu as ? demande Kamishin, qui tente de décoder la situation.

Je m'empresse de bricoler un sourire absurdement enjoué afin de dissiper les soupçons.

— Ah, au fait, Kamishin, comment s'est passée ta compétition ?

Ce dernier mot ne manque pas de le faire réagir.

— Oh, ben, comme une compète, quoi ! Mais il faut que je te raconte ! Tu sais que j'avais fait toute cette route dans un bus de nuit pour aller impressionner le coach de l'université où je rêve d'étudier ? Eh bien, j'ai fait un temps minable. C'était nul !

Il me raconte tout ça d'un air joyeux, avec force poses comiques et gestes exagérés, tel un mime.

— Oh, attends. Regarde ça !

Il sort de sa combinaison un smartphone protégé par une poche étanche.

Un groupe d'étudiants et de lycéens venus des quatre coins du pays pose sur fond de gratte-ciel. Au premier rang, pile au milieu, se trouve Kamishin.

— Mais j'ai vraiment de la peine pour tous ceux qui ne pourront pas participer au championnat inter-lycées…

Je le regarde, ébahie.

— Kamishin… Tu as été sélectionné ?

— Hé hé hé. Figure-toi que oui, glousse-t-il en se frottant le coin de la bouche.

Il a beau jouer les modestes, c'est un sacré exploit. Le club de canoë qu'il a créé l'année dernière, tout seul, va participer à un championnat national. Pas étonnant qu'il ait la pêche. Je fais de mon mieux pour l'encourager.

— C'est vrai ? Tu es incroyable ! C'est génial ! Tu as tout mon soutien !

— Sérieux ?

— Sérieux !

Mes encouragements ne le laissent pas indifférent. Il pose sur moi un regard sérieux, avant de se tourner vers Shinobu dans un geste théâtral.

— Dis-moi, Shinobu…

— Quoi ?

— Quand elle dit me soutenir…

— Oui ?

Kamishin pose les mains sur ses hanches, viril.

— Est-ce que ça voudrait pas dire que la petite Suzu… en pincerait un tantinet pour moi ?

Mon sourire se dissout aussitôt.

Réaction qui n'échappe pas à Kamishin.

— Tiens ? Est-ce que… j'aurais mal compris ? Peut-être bien…, dit-il d'une voix faible.

Shinobu croise les bras, exaspéré.

— Dépêche-toi de remballer tes affaires, crétin.

— Je plaisantais, voyons ! Salut, Suzu, merci de ton soutien !

— T'inquiète.

— Allez, magne.

— Ça va, j'ai compris !

Empoignant son embarcation à deux mains, Kamishin rejoint en hâte le hangar à bateaux.

Shinobu et moi nous retrouvons finalement seuls.

Silence.

Même en tête à tête, je n'arrive pas à lui parler. L'intervention de Kamishin a complètement gâché le moment. Une sorte d'équilibre a été rompu. Mais le canoéiste n'y est pour rien : c'est ma faute si je n'ai pas saisi l'occasion.

Combien de fois, jusqu'à présent, ai-je abandonné au prétexte que ce n'était pas le bon moment ? Maintenant encore, je baisse les bras. Je suis tout juste bonne à rester plantée là, sur la berge du fleuve Kagami, au crépuscule.

Après un moment de silence, Shinobu ouvre la bouche.

— Au fait… qu'est-ce que tu voulais me demander, tout à l'heure ?

— Oh, rien.

— Tu ne veux pas me le dire ?

— Ce n'est pas ça.

— Tu es sûre ?

— Sûre.

Je ferme les paupières.

Dans mon esprit apparaît la bouille du petit Shinobu qui me dévisage.

Je dois mettre un terme aux sentiments que j'éprouvais à l'époque.

Étouffer cette tendresse que je n'ai jamais su exprimer.

Je rouvre les yeux.

— Shinobu… Tu n'as plus à t'inquiéter pour moi, tu sais.

— Hein ?

Je tourne les talons et esquisse un pas.

— Suzu !

Je ne m'arrête pas.

« Je ne sais même pas ce que je veux », me dis-je, submergée par l'émotion.

Je me mets à courir malgré moi.

Sans nulle part où aller, mes sentiments sont à deux doigts d'éclater.

Je cours de toutes mes forces.

Sans m'arrêter, je sors mon smartphone pour écrire à Luka.

Demande-moi ce que tu veux, Luka. Tu as tout mon soutien.

Envoyé.

Je m'arrête, essoufflée, et fixe l'écran.

Sa réponse arrive aussitôt.

Merci, Suzu.

Je suis un peu surprise, lol. Je fonce, alors. Merci de m'encourager !

Une formule guillerette. Voilà qui lui ressemble bien. Suis-je allée trop loin en lui exprimant mon « soutien », alors que nous ne sommes pas si proches ? Je commence à regretter mes propos.

Mon cœur se serre.

De grosses larmes se sont mises à couler tandis que je lisais ses messages. Je m'essuie les yeux du dos de la main. Peine perdue : rien ne peut arrêter leur flot.

Tenant mon smartphone contre mon cœur, je ne peux cesser de pleurer.

Love Song

Assise dans un couloir du château, je pleure, la main sur le cœur.

Quelle douleur amère…

Écartant les doigts, je remarque une marque ronde qui se dessine, comme un bleu, sur ma poitrine.

Elle brille d'une lumière chaude et diffuse.

Avec la technologie de partage corporel, en cas de blessure, le système détecte en direct la réaction inflammatoire de l'organisme pour la reproduire sur l'avatar. En va-t-il de même pour les peines de cœur ? Les valeurs biométriques permettent-elles de les représenter visuellement ?

Un grincement me tire de ma réflexion.

Ange me fait signe par la porte entrouverte.

Je sèche mes larmes et me relève. La lumière émanant de ma poitrine s'atténue.

Ange disparaît dans la chambre du dragon, comme pour m'inviter à y entrer.

Je m'approche du seuil et pose les deux mains sur la porte.

J'hésite un peu.

Puis, rassemblant mon courage, je la pousse doucement.

Un léger grincement trouble le silence.

— Ah…

Même dans la pénombre, on devine aisément que la pièce est vaste.

Un plafond haut. Un lit à baldaquin. Face à l'entrée, une immense cheminée. Enjambant les débris qui jonchent le sol, je regarde le mur au-dessus du foyer. De nombreuses photographies y sont accrochées dans de petits cadres. Qu'est-ce que… ?

Insectes, feuilles, fleurs, baies, branches, un ruisseau, le mur d'une maison, un champ, un nuage… À première vue, tout est très ordinaire. Rien qui permette de reconnaître une région, ni même un pays.

À l'exception du grand cadre vertical dressé au milieu.

— Une femme ?

La photo montre une silhouette féminine vêtue d'une robe, les bras chargés de roses. Brisée au niveau de son visage, la vitre empêche de distinguer ses traits.

Quelle est sa relation avec le dragon ? Pourquoi le verre est-il fêlé ? L'a-t-on brisé sciemment pour dissimuler son identité ? Mais alors…

Je balaie la pièce du regard avant de sursauter.

Le dragon est là.

Assis, de dos, devant le balcon, à l'autre bout de la chambre délabrée.

Est-ce qu'il dort ? Il ne bouge pas d'un poil.

Retenant mon souffle, je m'approche à pas de loup.

— Ces bleus…

C'est la première fois que je vois de près les larges ecchymoses qui lui couvrent le dos. Le dessin, complexe et richement coloré, a de quoi attirer l'œil. On pourrait même le dire beau… Quelle signification cette marque porte-t-elle à ses yeux ? Curieuse de le découvrir, je tends lentement la main vers lui.

Le dragon se retourne soudain.

Reculant d'un pas, je laisse échapper un cri.

— Ne me touche pas ! hurle-t-il, visiblement nerveux.

À l'évidence, il ne supporte pas le contact physique.

— Excuse-moi. Ces bleus…

— Tu es venue te moquer de ma laideur ?!

— Pas du tout ! protesté-je, les mains serrées près de la poitrine, en tentant de m'approcher le plus possible de lui. Est-ce qu'ils te font mal ? Tu souffres, n'est-ce pas ? Tu devrais cesser de te bat…

Il secoue la tête avant que j'aie pu finir ma phrase.

— Tu ne comprends rien.

— Dans ce cas, explique-moi !

— Fiche le camp !

Tremblant de tout son corps, il rugit comme une bête sauvage, ébranlant les murs de la pièce.

Je ne peux pas rester plus longtemps. Quittant la chambre, je me précipite dans le couloir qui méandre d'un côté puis de l'autre.

— Sors de là ! Oui, c'est ça ! Déguerpis ! me houspillent les sirènes lorsque j'atteins le grand escalier principal.

Une frustration insupportable m'envahit.

Mais je ne peux rien y faire, pour l'instant.

Sans un mot, je quitte le château.

Je suis le chemin du retour jusqu'au module « gratte-ciel » de l'unité désaffectée. Ôtant ma capuche, j'inspecte les environs, tapie au coin d'un bâtiment. Personne en vue. Après m'être assurée que la voie est libre, je me mets en marche d'un pas rapide.

Au coin d'un autre immeuble, je vérifie encore maintes fois qu'il n'y a pas de danger avant de poursuivre ma route. De l'autre côté de l'avenue s'élève la barrière séparant le module « gratte-ciel » de celui du « parc ». Une fois que je l'aurai franchie, je serai de retour dans le flux principal de U.

— Halte ! m'arrête une voix.

Je me fige.

Un membre de la brigade des Justices approche. Il m'a surprise devant le portail, que je croyais déserté. Et il n'est pas seul : plusieurs de ses camarades surgissent derrière moi pour m'encercler.

Le dos tourné, je me recroqueville et fais de mon mieux pour dissimuler mon visage.

Ils m'interrogent tour à tour :

— Que fais-tu ici ?

— As-tu vu passer quelqu'un ?

— Un monstre affreux, par exemple ?

Je me garde bien de répondre, guettant le moment opportun pour prendre la fuite.

L'un d'eux tend la main pour rabattre ma capuche de force. Un autre me saisit par les cheveux, défaisant au passage le ruban dont je suis coiffée.

— Ah !

Mon visage se trouve exposé – à l'exception de ma bouche, devant laquelle j'ai porté mes mains.

Une nouvelle figure se tient en retrait derrière les brigadiers.

— Tu es… Belle, c'est bien ça ?

C'est Justin. Il semble quelque peu surpris.

— Que fais-tu ici ?

Muette, je le foudroie du regard.

— Tu ne veux pas me le dire ? Dans ce cas…

Il actionne son bracelet, qui prend la forme d'une tête de lion ailée.

Je laisse échapper un petit cri de surprise.

Mon cœur cogne dans ma poitrine.

— Si tu refuses de parler, je vais le demander à ton Origine, déclare-t-il, atone.

Il menace de me dévoiler, purement et simplement ? Un frisson d'effroi me traverse. S'il expose ma véritable identité…

Au même instant, une silhouette bondit d'entre les bâtiments et fond sur nous.

Justin, surpris, a un mouvement de recul.

— Dragon !

En un clin d'œil, la bête m'a prise dans ses bras pour m'entraîner vers le module gratte-ciel.

— C'est lui ! Saisissez-le !

Les soldats se lancent aussitôt à sa poursuite.

Blottie dans ses bras, je tente de mieux voir son visage. Est-il venu me sauver ? Pourquoi ? Dire qu'un peu plus tôt, il me jetait dehors à grands cris…

Les brigadiers, qui ont vite fait de nous rattraper, frappent le dragon tour à tour, du pied, du poing… Mais il ne réplique pas. Lui qui, il y a quelques jours à peine, dans le Stadium, aurait neutralisé ces hommes en un clin d'œil…

Intrigués par son refus de porter la main sur eux, nos assaillants s'acharnent de plus belle.

Avant d'échanger un regard.

— Pourquoi ne se défend-il pas ?

— Il a peur !

— Quelle mauviette…

Je me mords les lèvres de frustration en entendant leurs railleries.

Soudain, un gratte-ciel apparaît droit sur notre trajectoire. Encore un peu, et nous risquons de le heurter de plein fouet.

Les brigadiers, eux, continuent de donner des coups, sans rien remarquer. Leur cible n'a nulle part où aller.

Le gratte-ciel se rapproche.

Les soldats comprennent, trop tard.

Il n'y a plus d'échappatoire.

Avec un hurlement, ils traversent les vitres épaisses du bâtiment.

Changeant de position afin de me protéger des éclats de verre, le dragon percute l'édifice de dos, rebondissant contre la paroi avec un bruit sourd.

Sa gueule déformée par la douleur laisse échapper un mugissement pathétique.

Puis, c'est la chute libre. Telle une marionnette aux fils tranchés, nous dégringolons le long de la façade. Bientôt, nous allons rencontrer le sol – et avec lui, une mort certaine.

— On va s'écraser ! hurlé-je malgré moi.

Serrant les dents, celui qui me tient avec fermeté rassemble ses forces et se redresse d'une rapide rotation du buste pour se propulser avec énergie depuis la façade du bâtiment. Le mouvement lui permet de repartir à l'horizontale, évitant de justesse la catastrophe.

Sans desserrer son emprise, il prend la fuite entre les gratte-ciel.

— Où est-il passé ? Où ?!

Justin, qui nous a perdus de vue, laisse éclater sa fureur.

— Dragon… !

Nous voilà de retour au château entre les nuages.

Le dragon atterrit en douceur sur le balcon fissuré et me dépose délicatement.

À peine m'a-t-il lâchée que je m'empresse de prendre mes distances.

Il s'effondre à genoux, le souffle court, visiblement éreinté.

Je tente de m'approcher, inquiète de le voir respirer si péniblement.

— N'approche pas ! Laisse-moi tranquille…

N'ayant d'autre choix que de lui obéir, je me prépare à partir.

Quelque chose, cependant, me retient. Cette douleur dans ma poitrine. La main serrée au creux de mon estomac, je tente d'endurer cette peine déchirante. Puis, n'y tenant plus, je me retourne vers mon sauveur, les lèvres serrées.

Il halète toujours, prostré.

La douleur, cuisante, part du fond de mon cœur. Je desserre les doigts pour placer ma paume au-dessus de mon ventre.

— Je crois que je commence à te comprendre un peu mieux, dis-je le plus naturellement du monde.

Le dragon lève la tête et écarquille les yeux, interdit.

Je m'approche de lui.

— C'est là que ça te fait vraiment mal, n'est-ce pas ?

Je tends la main vers son torse.

Il sursaute.

Plongeant mon regard dans le sien, je lui transmets mon sentiment le plus sincère :

— Je te remercie de m'avoir sauvée.

Il approche son visage du mien.

— Belle…, souffle-t-il, prononçant pour la première fois mon nom.

Au-dessus de nous, les étoiles scintillent.

Lentement, je me mets à chanter.

Ma voix emplit les ténèbres de la salle de bal aux données corrompues partiellement pixelisée.

Si tu
Pouvais
Lever les yeux
Vers moi
Ne reste pas
Seul à me tourner le dos

Tu as emprisonné ton cœur
Dans les grilles d'un château
Et tu as gardé la clé
Pour rester seul

Tu caches les éraflures à l'intérieur
Tu changes tes blessures en colère
Tu t'habilles du manteau d'une ombre

Laisse-moi entrer
Ta voix est enfouie sous des mots que tu veux oublier
Où est la clé ?
Ton cœur est caché sous les larmes et les regrets
Parle-moi

La main sur le cœur, Dragon m'écoute comme s'il méditait sur lui-même.

Dans la cour, une myriade de roses s'épanouit. Ange les inspecte minutieusement avant d'en choisir une première, d'un rose pâle. Puis une autre, noire, cette fois.

Il les fait porter par les sirènes dans la salle de bal.

Les créatures s'avancent pour placer la fleur pâle sur mon cœur.

Au même instant, des particules convergent par milliers avant d'exploser d'un seul coup.

Une robe de pétales de roses apparaît, tissée par le vent, pour envelopper délicatement ma silhouette.

Je ne peux retenir un petit cri d'admiration.

On dirait de la magie. Les particules dansent autour de moi, étincelantes.

Ange s'approche pour me demander, non sans fierté, si ses « roses secrètes » me plaisent.

— Elles sont merveilleuses, lui dis-je avec un sourire.

Les autres sirènes déposent la fleur noire sur le cœur de Dragon.

Les particules convergent avant de se disperser pour le vêtir d'un magnifique costume couleur ébène. Un motif d'ecchymoses orne la cape neuve dont il est assorti.

Je me retourne pour le contempler.

Il en fait de même, me rendant mon regard.

Dans la salle de bal sombre et délabrée, les particules se concentrent pour donner naissance à un décor d'une beauté éblouissante.

Je tends les bras vers Dragon pour l'inviter à danser, mais il recule, comme pris de scrupules. Sans me démonter, j'esquisse un pas vers lui. Il lève la main gauche d'un geste hésitant, visiblement troublé. Je la prends dans la mienne.

Bientôt, nous commençons à nous mouvoir, tous les deux.

Au début, nous nous contentons de tourner en rond, main dans la main. Peu à peu, nos pas se calent sur une mesure ternaire, dans un rythme de valse lente. Posant sa paume droite sur ma taille, comme pour m'escorter, Dragon prend ma main gauche dans la sienne afin d'adopter une position plus formelle.

Les yeux dans les yeux, nous continuons de danser. Avant que j'aie pu m'en rendre compte, nos pieds ont décollé du sol pour nous porter dans les airs comme sur un escalier invisible courant autour du dôme en ruine. Tout à mon exaltation, le cœur battant la chamade, je ne peux m'empêcher de sourire. Dragon me contemple, les yeux écarquillés.

J'aperçois les sirènes qui regardent dans ma direction – souriantes elles aussi, à mon grand soulagement. Elles sont entièrement dévouées au dragon. J'espère ne plus représenter une menace à leurs yeux.

Un rayon de particules émane du dôme du château pour former une ligne lumineuse qui file vers le firmament, telle une comète.

La Bête et moi…

Parmi la myriade d'étoiles qui illuminent les cieux, nous tournoyons, toujours plus proches, tels des satellites.

Si tu
Pouvais
Parler un peu
De toi
Je sais déjà
Ce que tu dirais tout bas

« Être seul n'est pas si mal
Pas si mal
L'ombre est mon amie fidèle
Ma solitude est la plus belle »

Mais tu sais
Je voudrais juste te voir
Dans la lumière du jour
Tel que tu es
Je laisserai ton cœur se dévoiler

Laisse-moi entrer
Je veux découvrir ton visage, te montrer qui tu es
Où est la clé
Ton cœur est enfoui sous des voiles et sous trop de secrets

Laisse-moi entrer
Je me tiendrai près de toi sans dire un mot
Je resterai à t'écouter
Laisse-moi entrer
Je peux me blottir contre toi, je suis tout près
Parle-moi

Je contemple mon cavalier tout en dansant.

Lui, de son côté, se contente de me dévisager de ses yeux confus. Une créature qui passe son temps à se battre… Peut-être même est-ce la toute première fois qu'il fait autre chose.

Alors que je me fais cette réflexion, je prends conscience d'une douloureuse affection en train de bourgeonner en moi. Tout à mon émotion, je pose la main sur sa mâchoire pour rapprocher son visage du mien. Lentement, je ferme les yeux et tends les lèvres.

Il sursaute, avant de serrer étroitement les paupières.

Peut-être mon geste était-il prématuré ?

Avec un sourire, je pose tendrement ma joue contre la sienne.

Le premier baiser attendra.

Comme pour s'excuser, il tend les bras et m'attire contre lui pour me serrer avec douceur avant de fermer lui aussi lentement les yeux.

Nous regagnons ensuite le château.

Sous la voûte étoilée, blotti contre mon sein dans les ténèbres du balcon, Dragon dort, sans défense.

Combien de temps a bien pu s'écouler ?

Soudain, venu de nulle part, un craquement retentit dans l'air, comme un bris de porcelaine.

Réveillé en sursaut, Dragon gémit de douleur.

— Qu'y a-t-il ? Dis-moi ! lui demandé-je, inquiète.

Pour toute réponse, il se lève, le visage dans les mains, et marche d'un pas vacillant en direction du bruit, avant de tomber à genoux à mi-parcours, et de se recroqueviller, comme terrassé.

C'est alors que je vois l'incroyable se produire.

L'ecchymose qui lui recouvre le dos se met à luire étrangement.

Comme s'il avait été frappé par une force invisible.

Il gémit, les dents serrées.

— Gh… gh… gnn… !

Comment dois-je l'interpréter ?

— Qu'est-ce qu'il t'arrive ?

— Ne… regarde… pas !

Se retournant à grand-peine, il m'implore des yeux.

Étalé sur le sol, Ange assiste à la scène d'un air hagard.

— Qui es-tu ? murmuré-je à l'oreille de Dragon.

Pas de réponse.

Rien que la clarté des étoiles qui scintillent par milliers.

Prémonition

Une fine pluie tombe de l'autre côté de la vitre.

Le menton dans une main, Hiro lit tout haut les commentaires postés dans U qui défilent sur son smartphone.

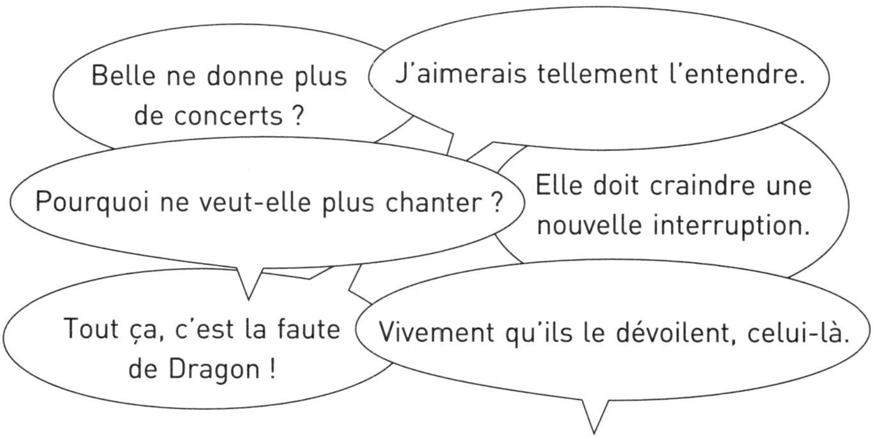

Assise sur ma chaise, les genoux serrés, je prends connaissance de leurs griefs.

Chaque message me transperce le cœur.

— On devrait laisser Dragon tranquille. On n'a pas besoin de connaître ses secrets, après tout.

— Mais ça ne s'arrêtera pas avec nous. On est dans U, pas dans un simple groupe de discussion entre camarades de classe. Il est déjà trop tard.

Hiro passe à présent à un forum anonyme où s'accumulent les commentaires cruels.

À bas le dragon !

Quel bon à rien...

Son existence
n'a aucun sens.

Un spot de communication de la brigade des Justices surgit sur l'écran de mon smartphone.

La présence du dragon représente une menace
pour le bon équilibre de U. Nous sommes à la recherche
de toute information à son sujet. Suivez le hashtag
#Dévoilons_la_Bête

Partout, on traque le dragon, sans merci.

— Je parie que ce dragon est un vieux reclus ! s'esclaffe un AE sur la vidéo que regarde un homme barbu.

— En vrai, c'est un gamer surdoué ! théorise un autre dans le flux que visionne une fillette à lunettes, assise dans un parc.

— Derrière cette apparence monstrueuse se cache sans doute une femme incroyablement sexy, murmure un troisième sur l'écran du smartphone qu'une collégienne dissimule sous son pupitre.

Adossé au mur d'un vestiaire, un homme en maillot de rugby suit un live stream :

— Ce ne serait pas un millionnaire, en fait ?

Assises sur leur canapé, une femme âgée et sa fille regardent ensemble le même écran :

— Je compte bien obtenir des dommages et intérêts pour les violences psychologiques subies pendant notre duel.

Ailleurs, une femme regarde la diffusion d'un tabloïd, dans laquelle une journaliste interviewe Jelinek et sa nouvelle petite amie :

— Jelinek. Votre amie vient de mourir, mais vous sortez déjà avec une autre ?

La nouvelle dulcinée, une beauté pulpeuse aux boucles blondes et à la peau mate, répond devant une forêt de micros :

— Il est génial !

Dans un autre flux en direct, un éclair traverse les lunettes de son ex, au teint pâle et aux cheveux noirs.

— Eh, minute. Je ne suis pas morte !

— Comment, elle est toujours vivante ? s'étonne la nouvelle, les yeux écarquillés.

L'artiste se défend dans une autre vidéo :

— Je n'ai jamais dit que c'était elle qui était morte.

L'ex laisse éclater sa colère.

— C'est le champion du plagiat, celui-là. Même son tatouage, il l'a copié sur celui du dragon !

— Elle ment ! proteste l'intéressé en secouant la tête, la main sur le front.

L'ex n'a pas dit son dernier mot :

— Sale imposteur !

La nouvelle petite amie part d'un grand rire :

— Et si tu la fermais, la morue ?

— Répète un peu, pour voir ?!

L'ex hausse les sourcils.

Jelinek, lui, obstrue la caméra dans un mouvement de frustration.

— Du plagiat ? Et puis quoi encore !

Joueur de champ extérieur pour les Wildebeests, Fox est un homme imperturbable et économe de ses mots. Il a toujours essayé d'agir avec droiture et de présenter un visage souriant à ses fans. Même critiqué, jamais il n'a laissé paraître d'émotion négative. Il ne souscrit pas à l'idée selon laquelle le base-ball se résumerait à des statistiques de jeu. Au contraire, même : selon lui, meilleurs sont les résultats, plus on doit faire preuve d'humilité. Car tout seul, on n'arrive à rien. S'il en est là aujourd'hui, c'est grâce à ses coéquipiers, ses supporters, ses adversaires, bref, grâce à tous ceux qui aiment le base-ball.

Quelque chose lui dit pourtant qu'il ne peut ignorer les ragots – pour ne pas dire les calomnies – dirigés contre lui. Il va devoir mettre ses intentions au clair, pense-t-il sincèrement. La seule question est de savoir par quel moyen.

Il opte finalement pour un message vidéo, filmé par ses propres soins, dans son domicile.

Après avoir choisi comme lieu de diffusion un bureau tranquille, il installe son smartphone sur un trépied et presse le bouton « live ».

Vêtu d'un sous-maillot à col cheminée, Fox ôte sa casquette à l'effigie de son équipe, la pose sur une petite table à côté de lui, et se met à parler d'une voix douce.

— On m'a accusé d'avoir quelque chose à cacher pour la seule raison que je refuse de dénuder mon torse en public. Dernièrement, on est allé jusqu'à faire de moi l'identité réelle du dragon qui sévit dans U. Mais je ne suis pas mauvais ni violent. Tout ce que je veux, c'est être un authentique héros pour les enfants.

Il se lève lentement et ôte son sous-maillot, révélant à la caméra ce torse nu qu'il n'avait jamais montré à qui que ce soit jusque-là.

De grandes chéloïdes lui barrent la peau, séquelles de multiples opérations chirurgicales, à la base du cou, fendant sa poitrine, courant sur son flanc droit, au-dessus de son estomac et au milieu de son abdomen. La droite de son buste est transpercée de plusieurs orifices laissés par des drains.

Le moins que l'on puisse dire est qu'il est couvert de cicatrices.

— Ne soyez pas choqués, je vous en prie. Petit, j'ai souffert d'une maladie grave, qui a nécessité d'importantes interventions chirurgicales. Mais c'est ce qui m'a permis de devenir assez solide pour jouer au base-ball.

Fox s'exprime sans détour, la main sur le cœur.

— À vous, les enfants, qui voyez ceci, n'abandonnez pas vos rêves. J'espère que ce message saura vous inspirer.

Au sein de U, une multitude d'écrans géants diffuse en direct le message de Fox. Si les spectateurs sont sidérés de le voir montrer aussi crûment ses cicatrices, les bulles de commentaires élogieux se multiplient à mesure que ses intentions se font plus claires.

La candeur du sportif est même accueillie avec force acclamations par les AE.

Les yeux rivés à son écran, Eroh croise les bras d'un air circonspect.

Fox faisait partie de ses suspects. La voilà bien ennuyée.

— Alors… qui ça peut être ?

À côté d'elle, les sirènes dorment. Depuis cette danse que Dragon et moi avons partagée au château, Eroh veille sur elles comme le ferait une grande sœur.

— C'est inadmissible ! lance soudain une voix familière.

Eroh se retourne en sursaut.

Un message s'affiche sur un grand écran flottant, rédigé en plusieurs langues : « Tu m'as blessée. »

Eroh s'approche, intriguée.

Là, devant l'écran, se trouve un AE en forme de bébé serrant un ours en peluche.

— Je ne leur pardonnerai jamais ! hurle-t-il, hystérique. Tous ces gens qui m'ont fait du mal, je leur ferai voir !

— Ça, par exemple… C'est toi, la ménagère idéale ?

— Hein ?! laisse échapper Swan, horrifiée.

— Pourquoi t'es un bébé ? demande Eroh en levant les yeux au ciel.

— Parce que mon cœur est aussi pur que celui d'un nouveau-né !

— N'importe quoi. Tu crois que ton apparence mignonne te donne le droit de cracher les pires horreurs, c'est ça ?

— Ouin ! Méchante !

Frustré d'être ainsi démasqué, le nourrisson lui jette son nounours à la figure.

— Aïe !

Le bébé profite de la surprise pour détaler à toute vitesse. Eroh baisse les épaules, découragée. Encore un individu soupçonné à tort.

Au cœur de U se trouve un vaste espace bardé de moniteurs géants, à la façon de Times Square. Sur ces derniers défile une série d'images de Belle, que les AE présents commentent avec effervescence.

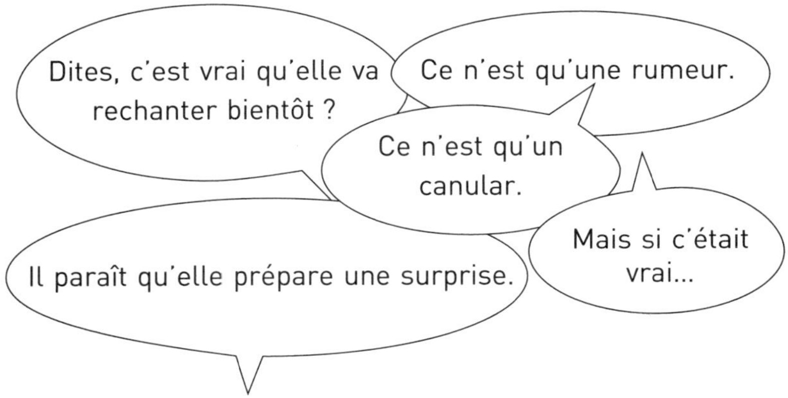

Je n'ai pas prévu de chanter, pour le moment. Ce qui ne les empêche pas d'exprimer impatience, déception ou encore espoir. Ne sachant comment réagir, je cache mon visage sous une étole.

Avant de me retourner en sursaut.

Quand sont-ils arrivés ? Les chefs de brigade des Justices m'encerclent.

Moi qui m'étais juste éloignée quelques instants d'Eroh et des sirènes pour être un peu seule… Ils n'ont pas perdu de temps.

Me voilà promptement mise sous les verrous.

Ma cape et mon étole accrochées sur un portemanteau, je me retrouve assise sur une chaise en bois, au centre d'une plateforme circulaire éclairée par des plafonniers. Tout autour, c'est le noir total, comme si je me trouvais sur une scène.

Arborant costume noir et cravate, Justin brandit l'écusson qui orne son poignet droit.

— Sais-tu pourquoi cette lumière incarne le pouvoir de la justice ?

Devant mon silence, il détache son emblème.

— En temps normal, les données biométriques scannées par le récepteur sont converties en AE par un algorithme. Or, ce rayon est capable d'annuler complètement ce processus. Il projette alors l'origine de l'AE directement dans U. C'est ce que l'on appelle « dévoiler ». Autant dire que je possède la même autorité que les créateurs de U, les Voix.

Je le laisse monologuer.

— Au fait, t'es-tu déjà demandé pourquoi il n'y avait pas de police sur Internet ? Et plus précisément ici, alors que U adopte un fonctionnement si proche du monde réel ? C'est une question que tout le monde se pose, et à juste titre. Pourtant, les Voix refusent d'y remédier, prétendant que nous disposons de tout le nécessaire pour faire régner l'ordre.

Justin regarde droit devant lui, une expression d'indignation sur le visage.

— Mais nous ne partageons pas cette vision. Le mal est partout ; toute société a ses fauteurs de troubles. Des éléments qui n'en font qu'à leur tête et se moquent du monde. Voilà pourquoi nous avons besoin de moyens pour les combattre. La justice est nécessaire en tout lieu. Nous avons besoin de ce pouvoir afin d'évincer le mal. C'est notre raison d'être.

Il abat le poing contre sa paume gauche avec ferveur.

Je garde le silence.

— Ce « Dragon »... Cette bête affreuse... C'est le genre d'individu que nous devons dévoiler afin de maintenir la cohésion de U. Et pourtant...

Justin se tourne lentement vers moi.

— Pourquoi passes-tu ton temps avec lui ?

— Pourquoi..., répété-je pour moi-même.

Sur ma poitrine est épinglée la rose que je portais durant notre danse. Je la regarde fixement.

Justin pose dessus un regard terne.

— Dis-moi où le trouver. Ce n'est plus le moment de garder le silence. Parle ! Tout de suite. À moins que...

À ces mots, il déclenche la transformation de son emblème et pointe le canon sur moi.

— ... tu ne préfères que je te dévoile, ici et maintenant ?

Il aura beau me menacer, je ne me laisse plus impressionner si facilement.

— Même si je le savais, je ne dirais rien.

— Comment ?!

Levant les yeux, j'ajoute calmement :

— Tu ne défends pas la justice. Tu as seulement soif de domination. Voilà pourquoi je ne dirai rien.

Justin reste un instant stupéfait.

Puis, saisi d'une colère noire, il m'attrape violemment la tête de sa main gigantesque.

Le porte-manteau s'effondre. Le mécanisme à percussion du canon s'enclenche pour faire émerger la lentille de la gueule du lion. Ma chaise tombe à la renverse. Un pétale se détache de ma rose, solitaire.

Sans desserrer son emprise, Justin pointe l'objectif sur mon visage. La lentille s'illumine.

— Je ne te laisserai pas te moquer de moi plus longtemps, éructe-t-il avec fureur. Tu crois que je n'oserai pas te dévoiler ? Très bien. C'est ce que nous allons voir !

J'ai beau me débattre, je ne peux rien faire contre une telle poigne.

— Quelle est la véritable identité de la diva internationale ? Quel visage se cache derrière ce joli masque ? Je l'imagine déjà. Allons…

Mon cœur cogne dans ma poitrine, assourdissant.

— Si la vérité éclate, qui s'intéressera encore à tes pauvres chansonnettes ?

Dans ses yeux brille une lueur féroce. Comme s'il prenait réellement plaisir à torturer son prochain.

— Parle, si tu ne veux pas en arriver là. Qui est-il ? Et où se terre-t-il ?

C'est fini. Me voilà perdue.

Je m'apprête à abandonner, quand…

— Tu cherches quelque chose ? lance une voix familière.

Justin tourne la tête, interdit.

Soudain, un grand désert de sable d'un blanc éclatant a recouvert l'espace sombre où nous nous trouvions.

— Qu'est-ce… ?!

— Je vais te le dire, rien qu'à toi. Il ne faut surtout pas le répéter.

Les sirènes !

Les voilà qui flottent dans une farandole hypnotique sur fond d'oasis aux eaux turquoise, avec force rires, gloussements et craquètements.

— Du balai ! s'époumone Justin, visiblement déstabilisé par ce retournement des plus étranges.

Les sirènes se dispersent aussitôt, comme autant de petits poissons.

Au même instant, un immense brasier se déclare.

Justin chancelle, ébahi.

Les flammes tourbillonnent jusqu'au plafond. En un clin d'œil, elles se muent en une déferlante aquatique.

Les embruns s'abattent, implacables, telle une cascade, et martèlent le corps de Justin.

— Ah ! Au diable !

Trempé, il est ballotté à la merci de la houle.

Levant les yeux, il remarque une de ses assaillantes qui lutte contre le courant.

— Ah !

Leurs regards se croisent ; la sirène s'éloigne à la hâte.

Justin se lance à sa poursuite pour lui asséner un coup violent.

La petite créature vole dans les airs avec un cri.

La vague disparaît aussitôt, sans laisser de traces, laissant l'inquisiteur haletant.

Belle a disparu. Devant ses yeux ne reste plus que la plateforme circulaire, vide.

Il balaie les environs du regard, dans une tentative pour dissiper l'illusion dont il émerge tout juste.

Tiens ?

Par terre, à côté de la chaise, gît un pétale de rose solitaire.

Il le saisit entre ses doigts.

Une légère inclinaison suffit à révéler les données numériques inscrites dans le matériau.

Justin esquisse un sourire : déjà, un plan se forme dans sa tête.

Guidées par Eroh, nous rejoignons en hâte le module « parc » du courant principal.

— Vous m'avez sauvée. Merci, dis-je avec gratitude aux sirènes.

Les créatures hochent la tête, avant de s'occuper de leur camarade qui a perdu connaissance après avoir été frappée.

— Tu l'as échappé belle, souffle Eroh.

Mais je ne partage pas son soulagement.

Car le dragon, lui, est plus en danger que jamais.

Plus tard dans la soirée, je regarde Fugue manger son dîner dans le jardin, mes genoux serrés contre moi.

Mon esprit tout entier est focalisé sur le dragon.

— Il court un grand danger. Je dois lui prêter main-forte… le protéger…

— Suzu.

Je sursaute, tirée de ma rêverie, et me relève, comme par réflexe.

C'est mon père.

Je n'avais même pas remarqué qu'il était rentré.

— Qu'est-ce que tu veux ? lui demandé-je avec méfiance en m'écartant d'un pas.

— Si tu as besoin d'aide…

— Non, ça va.

— Tu peux me le dire. Je ferai tout…

— Je n'ai besoin de rien !

Je me précipite à l'intérieur de la maison pour couper court à la conversation. Traversant le salon, je cours m'enfermer dans ma chambre à l'étage, non sans claquer la porte.

J'imagine sa déception… Sans doute se surprend-il à détester sa fille si égoïste.

Lorsque je redescends un peu plus tard, je découvre qu'il a laissé un sac en papier sur le sol de la cuisine. Il est rempli de pêches mûres, dont le parfum embaume la pièce.

À côté se trouve un message :

« C'est un cadeau de mes collègues. Sers-toi. Papa »

Dehors, la verdure estivale scintille.

Les voix des choristes résonnent dans le gymnase de l'école désaffectée.

— Avec la baisse de la population, cette région sera certainement amenée à s'éteindre. Il n'y aura plus personne pour admirer la beauté majestueuse de ces montagnes ni la clarté miroitante de ces cours d'eau. À vrai dire, l'évolution est la même partout, à l'exception des grandes villes. Peut-être s'agit-il là de l'avenir de notre pays, tout simplement.

Les visiteurs, pour la plupart des habitants d'autres préfectures touchées par le même problème, écoutent attentivement le discours des choristes. La moitié sont des femmes, elles aussi.

Mme Kita s'exprime d'une voix nette.

— « Mais alors, pourquoi vivre dans un endroit aussi isolé ? » me demande-t-on souvent.

— « Ne serait-il pas plus commode d'habiter en ville ? » Sans doute, lui fait écho Mme Hatanaka.

— Pourquoi rester ici malgré tout ? Eh bien…, dit Mme Okumoto, les mains sur les hanches.

Sur le piano droit trône une photo encadrée, prise il y a plus de dix ans, représentant un groupe de femmes – le chœur. Je pose avec elles. Je n'ai encore que 6 ans. Maman est là, elle aussi.

Mme Nakai prend le relais.

— C'est parce qu'il reste encore un dernier enfant dans ce village. Nous la connaissons depuis qu'elle est toute petite, aussi l'avons-nous en quelque sorte adoptée. C'est pour elle que nous souhaitons ralentir, ne serait-ce qu'un peu, l'agonie de notre village natal. Tant qu'elle n'aura pas quitté le nid, nous nous démènerons pour elle.

Les visiteurs l'écoutent, captivés.

Comme pour détendre l'atmosphère, Mme Yoshitani s'incline avec un petit gloussement.

— Pardonnez-nous ce long préambule. Nous allons à présent chanter pour vous, si vous le voulez bien.

Ses camarades brandissent leurs partitions, une expression radieuse sur le visage.

Bientôt, le gymnase résonne de leurs harmonies.

Sur la photo, ces mêmes femmes, dix ans plus jeunes, arborent des sourires magnifiques.

Ceux qu'elles affichent aujourd'hui sont toujours aussi beaux.

Idylle naissante

C'est avec un bruit typique de moteur diesel que le train quitte la gare d'Ino à destination de Susaki.

De retour du lycée, je présente ma carte de transport et franchis le guichet.

Remarquant ma présence, une jeune fille se lève du banc qu'elle occupe dans la salle d'attente.

— Suzu !

Je me retourne en reconnaissant sa voix.

— Luka ?

Que fait-elle ici ?

L'impatience se lit sur son visage, comme si elle avait besoin de me parler immédiatement. Il est encore tôt, mais elle porte son étui de saxophone sur le dos. Elle doit avoir une bonne raison de sécher ses activités de club pour faire le chemin jusqu'à ce trou perdu, je suppose.

Ensemble, nous prenons le bus menant au village.

Le véhicule cahote sur la nationale longeant la montagne.

Luka s'extasie devant le magnifique contraste qu'offrent les eaux bleues de la Niyodo et la blancheur de la rive. J'ai beau apprécier son enthousiasme, je doute qu'elle soit venue jusqu'ici pour admirer le paysage. Mais je suppose qu'il n'est pas facile d'aborder le cœur du sujet.

Arrivées à notre arrêt, nous descendons du bus et marchons côte à côte sur le pont-gué. Les nuages glissent lentement dans le ciel, projetant des ombres sur les montagnes.

— Je me suis pris un vent, annonce-t-elle brusquement.

— Comment ça ?

— Comme tu m'as inspirée, j'ai rassemblé mon courage et j'ai décidé de me jeter à l'eau.

— D'accord.

— Mais une fois devant lui, je n'ai pas pu dire un mot.

— D'accord.

— Alors il m'a dit : « C'est quoi, cette attitude ? T'es glauque… »

Luka s'arrête au milieu du pont.

— Hein ?! m'écrié-je. Mais n'importe quoi !

— Mais je ne lui en veux pas, tu sais. C'est ma faute, je n'ai pas du tout confiance en moi, et puis c'est vrai que je suis plutôt glauque…

Elle a beau sourire en secouant la tête, elle baisse le nez d'un air abattu, les yeux clos. Comment peut-on se montrer si cruel envers une jeune fille si adorable ?

— Mais pas du tout, enfin ! m'indigné-je. N'importe quoi ! Quel imbécile, ce Shinobu, franchement !

Luka relève la tête en sursaut avant d'agiter les deux mains en signe de dénégation.

— Mais non, ce n'est pas lui.

— Ah bon ? Qui, alors ?

Elle fixe de nouveau le sol.

— Chikami…, dit-elle d'une toute petite voix.

— Qui c'est, ça, encore ?

— Chikami… Shin… jirô…, énonce-t-elle péniblement, au comble de la gêne.

— Kamishin ?!

Les yeux clos, Luka confirme d'un hochement de tête rapide.

Arrivée à la maison, je prépare le goûter dans la cuisine.

Je coupe quelques pêches réfrigérées et les ajoute dans nos verres de thé glacé.

Dans le jardin, Luka ne semble pas du tout perturbée par la patte amputée de Fugue, dont elle caresse la tête et gratte le menton avec effusion.

— Oh, que tu es mignon ! s'esclaffe-t-elle.

Fugue remue la queue avec entrain et lui lèche la joue, sans hésiter.

Assises sur le porche, nous sirotons nos boissons.

Rien que le craquement des glaçons dans nos verres a quelque chose de rafraîchissant.

— C'est délicieux.

— Tant mieux.

Fugue est assis par terre, la queue entre les pieds de Luka – signe qu'il s'est pris d'affection pour elle.

Elle pose son verre et me jette un regard en biais.

— Maintenant, je sais qui tu aimes, Suzu.

Je l'interromps d'un geste.

— Ah, ne le dis surtout pas, sinon je vais mourir.

— D'accord. Ça remonte à quand ? demande-t-elle avec un regard pénétrant.

Je lève les yeux vers le ciel comme pour fouiller dans mes souvenirs.

Un cumulonimbus s'épanouit lentement.

— Quand on avait 6 ans, il m'a dit : « Je te protégerai. ». Quand j'ai entendu ça, j'ai cru à une demande en mariage. Mais ce qu'il voulait dire, en réalité, c'était : « Je te protégerai contre les méchants. » Ça n'avait rien de romantique, bien sûr.

Luka m'écoute en silence.

— Quand maman est morte, je passais mon temps à pleurer. Je faisais peur aux autres enfants, et personne ne voulait m'approcher. Il a dû penser que j'étais victime de brimades. Alors…

Je prends une gorgée de ma vieille tasse ébréchée.

Luka me fixe des yeux jusqu'à ce que je repose le mug. Puis elle esquisse un sourire et regarde devant elle, comme pour changer de sujet.

— Ça va te paraître étrange, mais j'ai toujours eu l'impression qu'il se comportait comme une maman avec toi.

— Tu trouves ?

— Mais oui, il passe son temps à s'inquiéter pour un rien, à te demander si tout va bien... Drôle de garçon, ce Shinobu.

Prenant conscience de sa bourde, elle étire ses longs doigts devant ses lèvres.

— Oups... ça m'a échappé, glousse-t-elle.

Je m'esclaffe à mon tour.

— Me voilà morte.

Nous rions ensemble de bon cœur.

Nous reprenons le bus pour parcourir la Niyodo en sens inverse. Arrivées à Ino, nous débarquons et pénétrons dans la gare tout en discutant. Le train pour Kochi arrive.

Devant le guichet, Luka fait volte-face.

— La prochaine fois, tu voudras bien me montrer votre ancienne école ?

— D'accord.

— Je reviendrai te voir.

— D'accord.

Je lui rends son sourire.

Soudain, Luka jette un coup d'œil dans un coin de la salle d'attente, comme si elle venait de remarquer quelque chose.

Avant de laisser échapper un petit cri de surprise.

Je me retourne pour suivre son regard.

Assis sur le banc, un garçon consulte son téléphone.

— Kamishin ?

— Oups !

Il lève le nez.

Luka se crispe aussitôt. Kamishin l'imite, sans pour autant détourner les yeux. Le temps semble s'écouler au ralenti, inutilement long et gênant. Train et bus repartent, comme s'ils n'en pouvaient plus d'attendre.

Je les regarde tour à tour, chacun à une extrémité de la salle d'attente.

Je devrais dire quelque chose.

Les sortir de cette impasse…

— D-dites, vous voudriez pas faire un truc pendant les vacances d'été ? Luka, où est-ce que tu aimerais aller ? Et toi, Kamishin, des idées ?

— Moi ? C'est-à-dire que…

— Quoi ?

— J'ai le championnat…

— Ah, c'est vrai. Mais oui, suis-je bête. On pourrait y assister ! C'est où ? Je peux me déplacer sans problème.

— À Hokkaidô.

— Zut, c'est trop loin.

— Tant pis…

— Vous pourriez pas faire ça plus près ?

— Ne dis pas n'importe quoi !

— J-j-je…, tente soudain Luka. J-je te soutiendrai !

— Me soutenir… ?

— Chikami…, bredouille Luka d'une voix ténue.

Cette déclaration ne laisse pas l'intéressé indifférent. Son sac de sport en bandoulière, il se lève de son banc.

— T-tu me soutiens… ?

— Kamishin.

— Dis donc, Suzu.

— Quoi ?

— Quand elle dit me soutenir…

— Oui ?

— Cela voudrait-il pas dire que Watanabe a un peu le béguin pour moi ?

Le cartable que Luka tenait des deux mains s'abat au sol avec un bruit sec.

— Je plaisante, voyons, s'empresse d'ajouter Kamishin, comme s'il s'y était préparé. C'est une blague. Une blague !

Il s'esclaffe avec un geste de dénégation.

Luka, elle, enfouit son visage cramoisi dans ses paumes et baisse la tête en silence.

— Tiens… ?

Perplexe, Kamishin se tourne vers moi, en quête d'une explication.

J'acquiesce avec exagération.

— Hein… ?

Décidément long à la détente, l'athlète m'adresse un nouveau regard interrogateur.

Je hoche une nouvelle fois la tête.

Cette fois, le message semble enfin passer.

— Heiiiiinnn ?! s'écrie-t-il, estomaqué.

Il reste immobile un instant, crispé.

Puis, sans quitter sa pose interloquée, il active promptement ses jambes pour quitter la gare en marche arrière.

— Ah ! Attends une minute !

Je me lance à sa poursuite.

Je le rattrape à l'extérieur. Il semble troublé.

— Pourquoi tu t'enfuis ?!

— Parce que ! Jamais une fille ne m'a dit qu'elle m'aimait.

— Eh bien elle vient de te le dire, non ? Elle te « soutient ».

— Je vois...

— Ça ne te fait pas plaisir ?!

— Si, bien sûr...

— Alors, réponds-lui comme il faut !

— D'accord...

Kamishin avance vers Luka d'un pas grotesque et mal assuré.

— Ah... euh..., bredouille-t-il, les traits pétrifiés, face à la jeune fille qui se cache toujours le visage.

Et de repartir une nouvelle fois à reculons, dans sa pose interloquée.

— Eh, minute !

Je me lance à sa poursuite.

Et le rattrape à l'extérieur de la gare. Il semble encore plus troublé.

— Je ne sais pas parler aux filles ! gémit-il.

— Tu n'as qu'à dire ce qui te passe par la tête. « Merci », par exemple, ou « je vais me donner à fond ».

— Je vois...

— Allez, va lui parler.

— D'accord...

Au bout d'un moment, Kamishin revient d'un pas grotesque et mal assuré et s'arrête devant Luka, sans se départir de sa pose interloquée.

Il cherche ses mots, les traits pétrifiés, face à la jeune fille qui se cache toujours le visage.

— Wa-Watanabe…

— Oui… ?

Luka écarte enfin les mains de sa face.

— Que… Qu'est-ce que tu aimes, dans la vie ?

— Hm… La musique.

Elle lui montre l'étui de saxophone qu'elle porte à l'épaule.

— Et toi, Chikami, qu'est-ce que tu écoutes, comme musique ?

— B-Belle, entre autres…

Ce revirement soudain me laisse pantoise.

Luka, elle, s'illumine.

— Moi aussi, je l'écoute en boucle !

— Sérieux ? s'esclaffe Kamishin. Pareil !

— J'aimerais tellement pouvoir chanter comme elle… Tu vas rire, mais on me dit que je lui ressemble un peu.

J'en sauterais presque au plafond de surprise.

— C'est vrai, tu lui ressembles vachement !

— C'est sans doute présomptueux, mais…

— Du tout ! C'est dingue, comme vous vous ressemblez. Tiens ? Pourquoi, au fait ? Vous êtes parentes ? C'est obligé ! décrète Kamishin d'un air sérieux.

Luka refroidit ses joues brûlantes du revers de sa main.

— La gêne…

De mon côté, tout à ma surprise, je tente de leur fausser compagnie sans qu'ils le remarquent.

Kamishin s'exprime avec beaucoup plus de naturel, à présent. Luka s'est visiblement détendue, elle aussi.

— Mon grand-père travaille au chantier naval de Hakodate, alors ma famille y passe tous les étés. Du coup… je pourrais venir te soutenir pendant le championnat ?

— Bien sûr… Si tu viens m'encourager, je gagnerai à tous les coups ! Tu vas voir !

— … D'accord.

Je traverse le rond-point devant la gare. Arrivée au carrefour, je me retourne pour regarder le bâtiment, la main sur la poitrine. Mon cœur bat la chamade.

— J'ai eu chaud…

Je laisse échapper un soupir de soulagement. Dès que j'entends parler de Belle, mon cœur s'emballe et je ressens le besoin de me cacher. Encore plus lorsque ce sont Luka et Kamishin qui l'évoquent.

— Enfin… j'espère que ça va marcher pour eux.

Quelque chose me dit que tout va bien se passer. Ils se sont ouverts l'un à l'autre. Tant que personne ne vient jouer les trouble-fête…

— Suzu !

Tirée de ma réflexion, je me retourne vers le carrefour.

Là, devant la supérette qui se dresse de l'autre côté de la rue, se tient Shinobu.

— Tu as vu Kamishin ?

Je me retourne vers la gare. Nos deux amis sont en grande discussion.

— Oui. Non.

J'acquiesce avant de secouer la tête.

— Alors, c'est oui ou c'est non ?

— Oui. Non.

Rebelote.

C'est un moment très important pour eux. Mieux vaut les laisser tranquilles.

Quelques voitures passent bruyamment entre nous. Vêtements et cheveux s'agitent, soulevés par le vent chargé de poussière.

— Au fait, Suzu, reprend Shinobu pour changer de sujet. Il y a quelque chose que je voulais te dire depuis longtemps.

— Ah ?

— Tu sais…

Il semble à deux doigts de faire une déclaration d'une extrême importance.

— Ah… !

Je pense avoir deviné. Se pourrait-il que… ? Non, impossible. Mais… Par chance… Non, ça ne peut absolument pas être ça. Mais… Pourtant… Enfin… Je me sens rougir. Mais le moment est-il bien choisi ? Ai-je vraiment envie de lui dire maintenant ce que je n'ai jamais réussi à lui transmettre jusqu'à présent ?

— P-pardon, Shinobu ! Moi aussi, j'ai quelque chose à te dire depuis longtemps.

— Tu m'étonnes.

— À vrai dire, je…

— Je sais.

— C'est-à-dire que je…

— C'est toi, Belle, pas vrai ?

— Quoi… ?

Je me fige aussitôt.

— La vraie identité de Belle, c'est toi, énonce-t-il clairement de l'autre côté de la rue.

Le choc est tel que mon corps tout entier se met à trembler, comme une feuille, tellement fort qu'il me semble que je vais m'effondrer.

— Aaaaaah !

— Suzu !

Les voitures passent en trombe devant nous. Une bourrasque soulève cheveux et vêtements.

Je tente de nier par-dessus le vacarme.

— N-non ! Ce n'est pas vrai !

— Suzu…

— Tu te trompes ! m'époumoné-je.

Un nouveau chapelet de voitures se succède entre nous. Shinobu plisse les yeux sous l'effet du vent.

Lorsque les véhicules ont fini de passer, il trouve le trottoir opposé vide. Plus un chat.

— Oh !

Shinobu regarde de tous côtés pour me chercher.

— Suzu ? Où es-tu ? Suzu !

Je m'enfuis en courant vers la berge de la Niyodo.

Bouleversée, je peine à respirer.

Les jambes tremblantes et dénuées de force, je m'agenouille, la tête dans les mains.

— Aaaah !

Quel cauchemar. Comment Shinobu est-il au courant ? Moi qui ai tout fait pour dissimuler mon secret à la personne qui m'est la plus chère… Et il m'a déjà démasquée. La honte. Tout est fini. Bel et bien fini. Ne reste plus que le désespoir.

— Qu'est-ce que je vais faire ?! Plus jamais je n'oserai lui faire face. Impossible…

Cachant mon visage dans mes mains, je laisse libre cours à mes sanglots. C'est tout ce qu'il me reste.

C'est alors que mon téléphone sonne.

C'est Hiro.

— Suzu ! Dragon a de terribles ennuis !

Identités

La brigade des Justices s'est regroupée dans une unité désaffectée.

Alors qu'ils franchissent le portail menant du module du parc à celui des gratte-ciel, des flashs successifs viennent envahir leur champ de vision, représentant une cascade cachée dans les profondeurs, une étrange forêt vierge et une immense plage de sable fin. Ils sont conçus pour servir de rempart contre les intrus. La brigade des Justices a vite fait de les traverser, cependant, comme s'ils disposaient d'un code secret.

La mer de nuages se disperse pour révéler le château du dragon.

Mais l'espace qui l'entoure n'est plus clos comme avant ; il est à présent ouvert, à l'image du courant principal de U.

Laissant l'édifice exposé à tous les regards.

Les AE observent la scène en retenant leur souffle. Que va-t-il se passer maintenant ?

La porte du château s'ouvre avec fracas ; les soldats s'engouffrent à l'intérieur avec un hurlement féroce.

En un clin d'œil, l'entrée spacieuse se trouve remplie d'hommes qui se dispersent dans le grand escalier et les couloirs, armés de marteaux, de tronçonneuses et autres perceuses. Ils s'empressent de mettre la forteresse à sac.

La roseraie n'est pas épargnée : entrés en trombe dans la cour, les brigadiers piétinent le parterre de fleurs, déchiquetant et écrasant les délicats boutons rose pâle et noirs.

De son côté, Justin apostrophe tous les AE de U :

— Nous ne céderons pas ! L'Origine de la Bête sera dévoilée au grand jour !

Il serre entre ses doigts le pétale de rose ramassé après l'interrogatoire de Belle. C'est en décodant les données contenues en son sein qu'il a pu découvrir la localisation précise du château.

— Nous allons le faire payer pour ses crimes devant toute la population de U !

Derrière Justin s'affichent l'un après l'autre les logos de grandes entreprises. Jamais le chef des Justices n'a eu autant de soutiens.

L'homme se retourne et compte ses sponsors avec un sourire satisfait.

L'Origine de la Bête va enfin être dévoilée !

Les AE sont sortis en masse pour assister en direct à l'événement.

Les écrans géants du courant principal de U diffusent en temps réel les images du château. Un portrait du dragon est également affiché, avec cette légende en surimpression : *WHO IS THE BEAST ?*

Qui est-il vraiment ?

Tout le monde veut savoir !

Je croyais que c'était un homme d'affaires adepte de la fraude fiscale ?

Selon la rumeur, il s'agirait d'un affreux criminel en cavale...

Le portrait se trouve rapidement recouvert par des bulles dont les commentaires font étalage d'une haine inconsidérée.

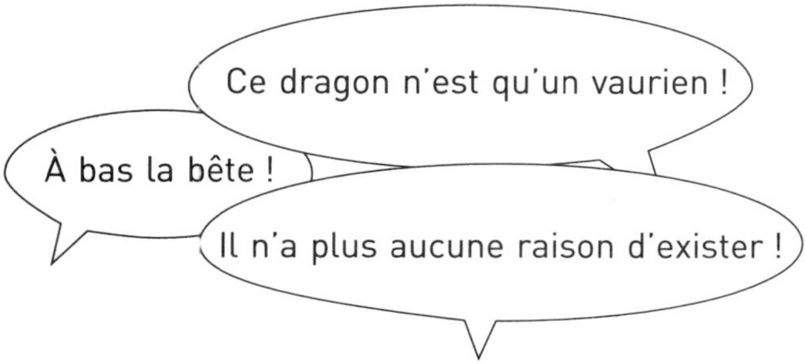

Même la chaîne de Monsieur Tristoune et de Gogo le Rigolo retransmet les images du château.

— Eh, Dragon ! Tu regardes, ou pas ?! s'écrie Monsieur Tristoune.

— Ça m'étonnerait, répond calmement Gogo le Rigolo.

— Les enfants du monde entier t'encouragent en direct, Dragon ! Tu suis, un peu ? Hein ?!

— Hélas, je ne pense pas qu'il regarde.

Comme à son habitude, Gogo le Rigolo lit les noms des enfants à mesure que leurs messages arrivent.

— Ian, 13 ans, Harper, 13 ans, Amelia, 12 ans.

— Les adultes sont méchants avec Dragon ! commentent les bambins depuis leurs smartphones.

— Tu écoutes, ou pas, Dragon ?!

— Viennent ensuite Oliver, 11 ans, Liam, 10 ans, Emma, 9 ans, et Aïda, 10 ans.

— On a de la peine pour lui !

— Quels bons petits. Ils sont adorables.

— Camille, 16 ans, et Jake, 13 ans. Des habitués, tous les deux.

— Il faut le sauver !

— Merci de votre fidélité ! On lâche rien !

— Viennent ensuite Jiali, 13 ans, Yiran, 12 ans, Junjie, 13 ans, et Haoran, 12 ans.

— Tu as tout notre soutien, Dragon !

— Tu entends ça, Dragon ! Quelle chance tu as !

— Puis Charlie, 18 ans, et Leo, 9 ans, ainsi que leurs amis.

— Il est encore temps, dit l'un.

— Mais oui. Tout n'est pas perdu, renchérit l'autre.

— Ensuite... Tomo, 11 ans. On s'est déjà vus, non ?

— On doit... soutenir... Dragon...

— Et où est Kei, 14 ans ?

— On doit... soutenir... Dragon..., répète Tomo, ignorant la question de Gogo le Rigolo.

Soudain, un intrus leur tombe dessus, renversant les deux hôtes.

— Aaah !

— C'est quoi, ces encouragements débiles ?!

Un jeune homme replet coiffé de lunettes de protection pointe du doigt le nombre de vues du live de Tomo.

— Ils ont même pas dix vues !

Gogo le Rigolo et Monsieur Tristoune s'insurgent :

— Espèce de vandale ! D'où vient-il, celui-là ?! Minable !

— Qu'est-ce que tu fais là ? Allez, du balai !

Ailleurs, un groupe de jeunes se moque également du nombre de spectateurs.

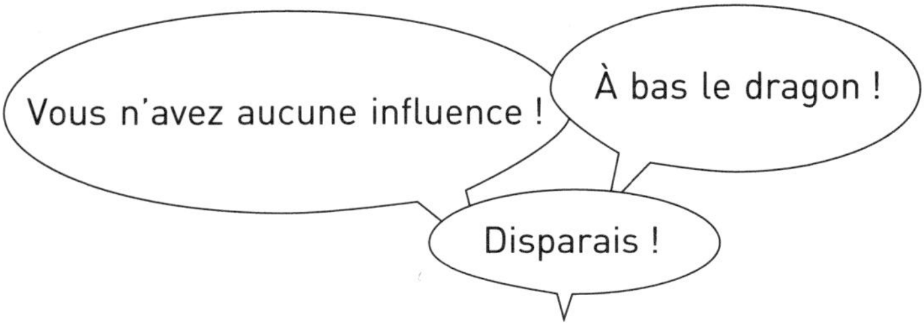

— Arrêtez. Vous êtes ici chez nous.

— Allez, ouste ! M'enfin ! C'est intolérable !

Un autre groupe de jeunes raille les efforts des enfants.

— Mais arrêtez, enfin ! Quelle cruauté ! Ça suffit !

— Crétins ! Imbéciles ! Dégagez de là !

Monsieur Tristoune distribue des coups de pied aux avatars des importuns.

Sur la berge de la Niyodo, je me redresse d'un bond.

— Rendez-vous à l'ancienne école ! s'écrie Hiro à l'autre bout du fil.

— Entendu !

Oubliant mon dilemme, je quitte la rive et prends mes jambes à mon cou.

J'introduis le récepteur dans mon oreille tout en courant.

Une tonalité de confirmation retentit. L'appli U se lance sur mon smartphone.

« Lancement du partage corporel. »

Je pose la main sur la porte d'entrée de U pour l'ouvrir à la volée.

Devant mes yeux apparaît le château du dragon, d'où s'élèvent de grandes colonnes de fumées.

Escaladant les vestiges de la porte défoncée, je pénètre dans le bâtiment.

Dans l'entrée, les soldats n'ont laissé que des débris, abattant les piliers et détruisant les sculptures qui ornent les balustrades. Je gravis le grand escalier et m'engage dans le couloir. Partout, ce ne sont que murs éventrés, portes arrachées, vitres pulvérisées.

Arrivée au seuil de la salle de bal, je retiens mon souffle.

Les sirènes gisent à terre, empilées, inertes.

Couvertes de blessures, les yeux clos, elles halètent avec peine.

— Oh…

Je me précipite à genoux et prends dans mes mains la demoiselle au corps d'holothurie.

— Pourquoi…

Qui les a attaquées ?

Tournant péniblement son visage vers Belle, la créature meurtrie entrouvre les yeux.

— Protège… notre… maître…, murmure-t-elle.

Sa dévotion me va droit au cœur. Qu'un être si menu, si fragile, puisse s'inquiéter pour le dragon…

Les larmes me montent aux yeux. Je dois honorer leur sacrifice. Que puis-je faire ?

Des bruits de pas retentissent, nombreux.

— Tiens ?!

Justin pénètre dans la salle de bal, accompagné des chefs de brigade. Les bras croisés dans une attitude de domination, il jette un regard méprisant aux sirènes blessées.

— Elles ont refusé de nous dire où se terrait la Bête.

— Quelle cruauté ! éructé-je en levant les yeux vers lui.

— Allons bon, ce ne sont que des IA, fait-il valoir avec un léger hochement de tête.

Comme si ce n'était qu'une broutille.

Une puissante colère m'envahit. Tout être vivant n'est-il donc bon qu'à être dominé, à ses yeux ?

Un brigadier arrive précipitamment pour faire son rapport.

— Il n'est nulle part.

— Très bien. Partons.

Les officiers se dirigent vers la sortie. Justin se retourne vers moi.

— Nous allons mettre le feu au château.

La violence de cette annonce me coupe le souffle.

— Où qu'il se cache, il sera débusqué comme un rat.

Justin tourne les talons et s'éloigne.

Impuissante, je me mords les lèvres de frustration.

Au même instant, la ravissante sirène concombre de mer attire mon attention sur un détail.

— Regarde… derrière… toi…

Suivant ses indications, je me retourne…

… et aperçois une porte obstruée par un roc. Je jurerais qu'elle était ouverte auparavant. Je reconnais le motif qui la surmonte : un vortex.

— Je te le dis, à toi seule…, chuchote la sirène, mobilisant ses dernières forces, avant de fermer lentement les yeux.

Aussitôt, le rocher qui jusque-là interdisait l'accès à la porte se découpe en une myriade d'étroits rectangles qui s'enfoncent les uns après les autres.

Pour révéler un passage secret.

Franchissant le seuil, je gravis l'escalier en colimaçon délabré qu'il abrite, plus pixelisé que jamais. Il semble à deux doigts de s'effondrer. Arrivée au sommet, j'aperçois un balcon.

Dragon gît par terre.

— Aah !

Je me précipite vers lui.

Il se relève tant bien que mal et agrippe la balustrade, haletant.

S'il ne semble pas avoir subi les attaques de la brigade, il est visiblement en proie aux mêmes souffrances que le soir de notre danse, lorsqu'il s'est roulé en boule, tiraillé par la douleur. Comme s'il était frappé par un assaillant invisible.

— Ça va aller. Calme-toi, soufflé-je, blottie contre son dos.

Puis, tirant sur l'ourlet de sa cape, je tente de le guider vers la sortie.

— N'aie pas peur. Mais il ne faut pas rester là. Viens avec moi.

— Si je peux supporter ça…, dit-il dans un souffle rauque, comme pour lui-même. Si je peux tenir le coup, tout ira bien…

— « Tenir le coup » ?

La formulation me surprend ; voilà qui ne ressemble pas à son langage habituel.

Il pose sur moi des yeux pleins de gentillesse.

— Belle… Pardonne-moi de ne pas t'avoir dit la vérité…, murmure-t-il en agrippant la balustrade de toutes ses forces.

— Ah, attends !

Avant que je puisse l'en empêcher, il enjambe le rebord et saute dans le vide.

— Attends !

Après sa chute initiale, le dragon pivote le buste pour attraper un courant ascendant et traverser les débris du château en direction du flux principal de U.

Je le regarde s'éloigner, muette, impuissante.

Justin n'avait pas menti : bientôt, un incendie éclate.

Les flammes jaillissent de part et d'autre de l'édifice ; en un instant, elles ont enveloppé le bâtiment tout entier.

Le portrait accroché au-dessus de la cheminée dans la chambre du dragon se consume, lui aussi. Sous la vitre fissurée, la photo de la femme est obscurcie par les flammes.

Bientôt, tout aura brûlé.

Comme si la forteresse n'était qu'un édifice de papier...

Assis côte à côte dans la salle d'attente de la gare d'Ino, Kamishin et Luka gardent l'œil rivé sur l'écran de leur smartphone.

Shinobu arrive enfin.

— Ah, Shinobu ! Regarde ça. C'est le chaos dans U, dit Kamishin en brandissant son appareil.

Sur Internet, les informations montrent le château du dragon en train de se consumer. La caméra se braque ensuite sur Belle, qui semble chercher quelqu'un. « La diva refait surface », annonce le bandeau.

Shinobu regarde fixement la jeune fille à l'écran.

— Suzu...

— Quoi, Suzu ?

— Tu sais où elle est ?

— Bonne question..., marmonne Kamishin.

Luka, elle, semble avoir une idée.

— Elle m'a parlé de votre ancienne école primaire, tout à l'heure... C'est loin d'ici ?

Avec un sursaut, Shinobu fait volte-face et quitte la gare à toutes jambes.

— Hé ho, Shinobu ! l'interpelle Kamishin, perplexe.

Luka détale à son tour.

— Mais... ?! Luka !

L'athlète n'a pas d'autre choix que de se lancer à leur poursuite.

De mon côté, j'arrive tout juste dans la salle d'études de l'école désaffectée.

— Suzu ! Tu en as mis, du temps ! s'écrie Hiro en se retournant.

— Désolée !

— En t'attendant, j'ai lancé une recherche automatique sur tout le Net ! Les résultats sont triés par ordre de pertinence.

Les fenêtres associées s'ouvrent les unes après les autres sur la mappemonde affichée sur le moniteur géant.

— Il faut retrouver son Origine avant que Justin et ses hommes ne le capturent ! dis-je.

— Oui, mais comment ? réplique Hiro, convaincue que c'est peine perdue. Il pourrait être à l'autre bout du monde ! Comment veux-tu retrouver une personne parmi cinq milliards de comptes ?!

— Où est-il ? Où a-t-il pu aller ?!

J'ai beau parcourir les boulevards animés hérissés de gratte-ciel étincelants, U est bien trop vaste, et les AE bien trop nombreux.

Ces derniers, en revanche, n'ont aucun mal à me repérer.

L'un me regarde entre ses doigts écartés, un autre en se brossant les cheveux. Tous écarquillent les yeux.

C'est Belle !

Pour de vrai ?

Je vous avais dit qu'elle reviendrait !

Les uns après les autres, ils se pressent autour de moi.

Quelle chance incroyable !

Chante !

Oui, chante !

— Arrêtez ! Je dois le retrouver ! supplié-je.

Je tente d'avancer, mais en un clin d'œil, les AE m'ont encerclée.

— Laissez-moi passer ! S'il vous plaît !

Haletante, je me débats dans cette mer d'avatars, mais le groupe enfle telle une vague pour, bientôt, m'emprisonner.

— Aaah… !

Les AE agglutinés forment à présent une gigantesque sphère.

Belle va enfin chanter !

Elle nous préparait vraiment une surprise !

On t'attendait, Belle !

Je veux entendre ta voix !

Chante !!

La masse m'engloutit sous le regard effaré d'Eroh.

— Écoutez-moi, tous ! On est pressées ! Laissez partir Belle ! hurle-t-elle à pleins poumons, mais sa voix se perd dans le chaos.

Les AE impatients d'entendre la diva continuent d'affluer, comme aimantés, pour grossir la masse de fans en furie.

— Elle est encerclée.

Mme Okumoto, qui désherbait son champ, surveille la scène sur son smartphone.

— C'est mauvais, ça…

Mme Hatanaka, professeure à l'université, vient tout juste de terminer un cours.

— Mais si on la rejoint maintenant…

Vêtue de son tablier de travail, Mme Kita est accoudée au comptoir de sa boutique de saké.

— Elle comprendra que nous connaissions son secret.

Mme Nakai, en blouse blanche, vient de finir sa journée de consultations.

— Mais…

Les jambes chaussées de bottes de pêcheur, Mme Yoshitani ôte ses gants en caoutchouc.

— Allons-y, lance-t-elle.

Dans le chat vidéo du chœur, ses camarades se mettent en mouvement, comme à l'unisson.

Dans l'école, Hiro apostrophe les AE visibles sur le moniteur géant.

— S'il vous plaît ! Laissez Belle partir !

Debout à côté d'elle, je pose tranquillement la main sur ma poitrine et ferme les yeux.

J'essaie une nouvelle fois de réfléchir. Qui peut-il être, en réalité… ?

— Tu m'as fait du mal ! s'écrie Swan avec un regard acéré.

L'autre jour, lors de notre vidéoconférence, elle nous a montré un visage bien plus avenant. Derrière ces deux facettes opposées se dissimule un cœur esseulé, parfaitement représenté par cet avatar de bébé pleurnichard.

Dragon serait-il seul au monde, lui aussi ?

« Dans ma peau sont gravées les blessures qui lacéraient les chairs de ma petite amie », avait déclaré Jelinek dans une interview. Sur son site internet, une photo le montre exhibant les tatouages inscrits sur sa peau d'albâtre. Le dessin, lui, n'a strictement rien à voir avec celui des bleus visibles sur le dos de Dragon.

« Enfant, j'ai souffert d'une maladie grave qui a nécessité d'importantes interventions chirurgicales », a révélé Fox, le joueur de base-ball, dans sa vidéo. Ses cicatrices, elles, sont d'une tout autre nature que les bleus de Dragon.

Le récepteur détecte en temps réel les réactions du système immunitaire. Lorsque je me suis cogné le front, une marque rouge est apparue sur celui de Belle. Suivant cette logique, sans doute l'Origine de Dragon porte-t-elle sur son corps les mêmes bleus que son avatar.

Maintenant que j'y pense, lorsque j'étais triste, j'ai vu une marque ronde apparaître sur la poitrine de Belle, telle une ecchymose. Une marque qui pulsait d'une lueur chaude... Si les peines de cœur peuvent être rendues visibles de la même façon, alors qu'est-ce qui a bien pu causer les inquiétantes vibrations qui agitaient les bleus de la Bête, le soir de notre danse ?

Et plus tard, lorsque nous étions blottis l'un contre l'autre sous la voûte étoilée...

À cet instant, il m'avait adressé un regard d'enfant...

— Un enfant... ?

J'ouvre les yeux en sursaut.

Lalala... lala... lalala...

Quelque part, un enfant fredonne une mélodie familière.

— Cette voix... !

Elle semble venir d'une des innombrables fenêtres ouvertes à l'écran.

Lalala... lala... lalala...

— Cette chanson... Dragon et moi sommes les seuls à la connaître !

Il s'agit d'une de mes compositions, que Belle a chantée dans la salle de bal, j'en mettrais ma main à couper.

— D'où cela peut-il venir ?!

Je scrute attentivement les fenêtres affichées sur le moniteur.

Shinobu et ses amis, qui viennent d'arriver, observent la scène du fond de la salle.

— Suzu..., murmure Luka, inquiète.

J'agite la souris en tous sens pour éplucher les résultats de la recherche automatique.

— D'où ça vient, enfin ?!

Une à une, les fenêtres se referment.

Lalala… lala… lalala…

La chanson se rapproche peu à peu.

Bientôt, il ne reste plus qu'une seule page web ouverte.

Dans une chambre immaculée, un garçon vêtu d'un sweat à capuche blanc chantonne en fixant la caméra.

Lalala… lala… lalala…

Il s'agit d'une diffusion vidéo en direct. « LIVE – 1 spectateur », annonce un bandeau dans un coin de l'écran. Autrement dit, nous sommes les seuls à y être connectés.

Je regarde le flux, abasourdie.

Ce garçon qui chantonne, assis sur une chaise, les yeux vides… Son visage me dit quelque chose.

— J'ai déjà vu cet enfant quelque part…

Cela me revient aussitôt.

C'est un habitué de la chaîne de Monsieur Tristoune.

« Dragon… c'est… mon… héros… »

Quelque chose, chez lui, sort de l'ordinaire. Une vidéo associée le montre en compagnie de son père et de son frère aîné.

« Oui, nous ne sommes plus que tous les trois. Ils s'entendent très bien et débordent d'énergie, même sans leur mère. Nous nous soutenons mutuellement… » peut-on entendre.

— Pourquoi cette chanson… ?

Pourquoi cet enfant fredonne-t-il l'air sur lequel j'ai dansé avec Dragon ?

— Agrandir, ordonne Hiro après avoir lancé une application de retouche d'images.

Elle zoome sur son visage. L'image se rafraîchit plusieurs fois, dans une définition de plus en plus grossière. Dans le noir caverneux des pupilles du garçon se reflète une silhouette.

Avec un sursaut, je reconnais le visage de Belle souriant dans la salle de bal du château.

— Belle…

Le choc est tel que j'en oublie de cligner des paupières.

Comment dois-je interpréter cette information ?

Lalala… lala… lala…

Le garçon se dirige d'un pas hésitant vers le fond de la pièce. Bien que spacieuse, elle est presque entièrement vide. L'angle fixe de la caméra permet seulement d'en apercevoir l'entrée, ainsi qu'une petite fenêtre. Le papier peint, blanc et couvert d'un motif d'oiseaux en vol, a quelque chose de saisissant. Contre le mur se tient une table, sur laquelle est posé un vase transparent rempli de roses rouges.

— Ce serait donc lui, l'Origine de Dragon ? s'interroge Hiro.

— Non, quelque chose cloche…

— Comment ça ?

— Ce n'est pas lui, j'en suis sûre.

— Je suis d'accord : je ne vois pas de bleus, fait-elle remarquer.

À peine a-t-elle fini sa phrase qu'un violent fracas ébranle le cadre de la vidéo.

— Hein ?!

Je fixe le moniteur, les yeux écarquillés.

Le père du garçon franchit lentement le seuil.

Son visage m'est familier pour l'avoir déjà vu dans une autre vidéo. Un père célibataire, comme il se décrivait lui-même. Des sourcils épais, un torse qu'il bombe avec autorité. Les chemises de sa manche laissent voir des bras longs et épais. À son poignet brille une montre en argent d'aspect onéreux.

— Qu'est-ce que tu as à chanter comme ça, Tomo ? demande-t-il froidement.

Pas de réponse.

— Tu ne vois pas que tu me déranges dans mon travail ?

Son fils l'ignore et continue de fredonner en se balançant.

« 2 spectateurs », indique à présent le bandeau au coin de l'écran. Quelqu'un d'autre s'est connecté pour suivre la vidéo.

Tomo s'agite toujours.

Son père, lui, le regarde fixement.

Soudain, l'homme envoie voler le vase d'un revers de la main.

Le récipient se brise en mille morceaux. Les roses rouges s'éparpillent au sol comme autant de taches de sang.

Je n'ai même pas les mots pour réagir.

Le père regarde son fils de haut sous ses épais sourcils arqués.

— Pourquoi faut-il toujours que tu refuses de m'écouter ?

Le compteur de la vidéo indique de nouveau un seul spectateur. Sans doute le deuxième a-t-il précipitamment quitté la diffusion. Il n'y a plus que nous pour assister à la scène.

Le père continue :

— Dans cette maison comme dans le reste du monde, il y a des règles à respecter. Et c'est moi qui les dicte.

Tomo écoute ses remontrances en silence, le visage dénué de toute expression.

— Si tu n'es pas capable de les respecter, tu n'es qu'un bon à rien. Est-ce clair, ou faut-il que je te le répète ?

Joignant le geste à la parole, le père lève le poing d'un air menaçant.

— Si tu ne comprends pas…

Il va le frapper. C'est plus fort que moi : je ferme les yeux.

Au même instant…

— Arrête ! s'écrie une voix perçante.

Un autre garçon, tout vêtu de noir, s'interpose entre Tomo et son père.

— C'est pas sa faute !

Il retient le poing que l'homme s'apprêtait à abattre.

— Dégage !

— Non ! Laisse-le tranquille !

— C'est quoi, ce regard ?! Dégage, je te dis !

— Ah !

Un smartphone à la surface craquelée s'échappe de la poche de l'adolescent tandis qu'il se débat.

Il se précipite vers le petit garçon pour le protéger de tout son corps et lui couvrir les oreilles.

— Ne l'écoute pas, Tomo.

— C'est grâce à qui si vous êtes là ?! s'écrie le père, méprisant.

D'une voix éteinte, le garçon en noir bredouille des excuses.

— C'est ma faute, Tomo. Pas la tienne.

— Kei, tu as déjà 14 ans, et tu n'es pas capable de comprendre une chose pareille ?

— C'est ma faute…

— À quoi es-tu bon, au juste ? Hein ?!

À chaque apostrophe de son père, Kei rentre les épaules, comme saisi d'un violent sursaut. Bientôt, il se met à trembler.

— Tout est de ma faute…

Le père continue d'injurier Kei, tel un patron rejetant ses propres manquements sur ses subordonnés.

— Fiche-moi le camp d'ici. Dégage ! Disparais, puisque tu n'es bon à rien !

Cette fois, une secousse ébranle le dos de Tomo, comme s'il avait vraiment été frappé.

Il gémit, le souffle court.

Un souvenir me revient alors.

Cette nuit-là, Dragon avait tremblé lui aussi, comme frappé par un assaillant invisible.

De son museau s'échappaient des geignements pathétiques.

« Si je peux le supporter… Si je peux tenir le coup… »

Son image vient se superposer à celle de Kei.

Mais ce n'est pas tout.

Ce smartphone échappé de la poche… L'écran d'accueil représente une femme tenant un bouquet de roses. C'est la même photo que j'ai vue encadrée au-dessus de la cheminée, dans la chambre de Dragon. Même les fissures sont strictement identiques – la vitre de l'appareil et celle du cadre sont craquelées au même endroit.

— On l'a trouvé…, dis-je à voix haute.

J'aperçois les yeux de Kei, étroitement fermés, entre ses mèches en bataille.

— Cet enfant… Qui est-il ?

Masques

Il est 17 heures pile, comme l'indique la mélodie *Oboro Tsuki Yotsugi Ononoki* diffusée par les haut-parleurs de la radio de prévention des catastrophes.

Une à une, les dames du chœur arrivent sur le terrain de l'ancienne école primaire et garent leurs voitures.

Parvenues à l'étage, elles passent la tête par la porte arrière de la salle d'études.

À l'intérieur règne une atmosphère des plus tendues.

Un immense moniteur diffuse des images d'une pièce immaculée. Une mélodie, tout juste audible, retentit dans la vidéo. Kei couvre toujours les oreilles de Tomo, parfaitement immobile. Leur père les regarde un instant avant de tourner brusquement les talons pour disparaître dans le couloir.

La porte se referme derrière lui avec fracas.

— C'est vraiment leur père ? murmure Kamishin, estomaqué.

À ses côtés, Luka reste muette.

Shinobu, lui, affiche une mine sévère.

Dans le flux en direct, Tomo dévisage son frère avec inquiétude.

— Kei, ça va ? Kei, réponds…

Kei garde la tête baissée, prostré.

Je n'arrive pas à croire qu'un garçon aussi fluet puisse être le dragon.

— Je vois…, murmure Hiro comme pour elle-même. Je crois avoir compris. Kei voulait être un héros aux yeux de son petit frère. Dans ces circonstances…

Relevant enfin la tête, l'adolescent se met à prononcer des paroles inaudibles, comme pour apaiser son frère.

Hiro observe la scène avec attention.

— Pourquoi le dragon est-il si fort ? Si la technologie de partage corporel de U sert à révéler la personnalité cachée de chaque utilisateur, c'est de cette situation cruelle qu'il tire sa force. De la même façon que Suzu est devenue Belle…

J'aimerais pouvoir parler directement à Kei, me dis-je. Je le dois.

Je tends la main vers la souris.

Il y a deux boutons permettant de lancer et de couper le chat vidéo en dessous de l'écran. C'est le même dispositif qui nous a permis d'entrer en contact avec Swan et Jelinek.

Il me suffirait de cliquer sur le bouton vert pour initier une conversation avec lui.

Pourtant, je n'y arrive pas.

Après ce à quoi nous venons d'assister, comment pourrais-je lui parler ?

À l'écran, le curseur oscille, comme déboussolé.

Kei se redresse finalement. Visiblement soulagé, Tomo s'écarte pour aller s'asseoir, le dos contre le mur.

C'est maintenant ou jamais.

Me fiant à mon instinct, je saisis la souris et clique sur le bouton d'appel.

« Connecté » annonce l'assistant virtuel tandis que le nom et l'icône de Belle s'affichent à l'écran.

Kei et Tomo se tournent vers la caméra, intrigués. Ils nous entendent, semble-t-il.

Mon cœur bat la chamade. Je prends la parole d'une voix tremblante.

— Vous… me voyez ? Vous m'entendez ? J'ai tout vu. Tout ce qui vient de se passer…

Kei se relève lentement, les yeux tournés dans ma direction. Dans mon esprit, la silhouette du dragon vient se superposer naturellement à la sienne.

Quant à moi, je redeviens Belle.

— Ça va aller. Ne t'inquiète pas. J'aimerais venir vous voir. Donne-moi votre adresse. Où êtes-vous ? Si tu me le dis…

— T'es qui, toi ? m'interrompt sèchement Kei.

« Qui… »

Hiro sursaute et me jette un regard.

— Tu ne lui as jamais montré ton vrai visage ! chuchote-t-elle.

— C-c'est moi… Belle…, bredouillé-je, d'un ton mal assuré.

À ces mots, Tomo tend le cou.

— Belle… !

— Impossible, rétorque son frère avec dédain.

Il a raison : n'importe qui pourrait prétendre être Belle. Je ne peux rien lui prouver. Je n'ai aucun moyen d'appuyer concrètement mes dires. Pourquoi me ferait-il confiance ?

« Connecté », annonce soudain l'assistant virtuel.

Trois icônes viennent s'ajouter à la mienne.

Des voix juvéniles résonnent dans le chat.

— Tu vois, je t'avais dit !

— La vache, c'est de la maltraitance !

— Faut appeler les flics !

Parmi ces trois jeunes doit se trouver le spectateur mystère qui s'était brièvement connecté quelques minutes plus tôt. Sans doute aura-t-il rameuté des camarades pour venir vérifier la situation. Ils quittent précipitamment la conversation dans un éclat de rire assourdissant, tels des intrus après une effraction.

Une tonalité de déconnexion retentit.

Les trois icônes disparaissent, ne laissant plus que la mienne à l'écran. Le compteur de vues affiche de nouveau « 1 spectateur ».

Sans changer d'expression, Kei s'approche lentement de la webcam.

— Toi aussi, tu es du genre à dévoiler les secrets des autres en rigolant ?

— Non…

— Alors, qu'est-ce que tu penses de tout ça ? Ça te plaît de regarder les gens souffrir ?

— Pas du tout !

Croit-il vraiment que je suis comme ces mauvais plaisantins ? Ce n'est pas le cas. Bien au contraire ! Retenant mes larmes, je cherche une réponse susceptible de le convaincre.

— Je veux seulement vous aider… Voilà pourquoi j'ai lancé le chat. Pour vous secourir. Je dois bien pouvoir faire quelque chose pour vous aider…

Kei se fige.

— Nous aider ? Et comment ?

Comment ? Les aider. Par quel moyen…

Kei plisse les yeux.

— Nous aider. Nous aider. Nous aider. Combien de fois j'ai entendu ces mots. « Je vais parler à votre père. », « J'ai eu une discussion franche avec lui. », « Il a bien compris qu'il devait changer. » Mais rien ne change jamais. Nous aider. Nous aider. Nous aider. Qu'est-ce que tu crois pouvoir faire, hein ?

J'en reste sans voix. Que répondre à ça ?

Je recule, comme repoussée par la colère de l'adolescent.

— Nous aider. Nous aider. Nous aider. Alors que tu ne sais rien. Nous aider. Nous aider. Nous aider. C'est facile, de parler ! Nous aider. Nous aider. Nous aider. « Je veux vous aider. », « Je veux faire quelque chose pour vous. » Nous aider. Nous aider. Nous aider. Vous nous prenez en pitié. Vous pleurez de compassion. Mais, au final, rien ne change jamais.

Kei continue de me fixer d'un regard hostile, comme rongé par une fureur indescriptible.

Ce n'est même plus à moi qu'il s'en prend, mais à la frivolité de son entourage, de la société, du monde tout entier, où prévalent paroles irresponsables, attitudes insensibles, esprits intolérants, condescendance irréfléchie et dissimulation. C'est tout cela qu'il foudroie de son regard acéré.

— Nous aider, nous aider, nous aider, nous aider, nous aider, nous aider, nous aider, nous aider, nous aider, nous aider, nous aider, nous aider ! J'en ai marre de ce refrain ! aboie Kei en secouant tout le corps, comme pour évacuer toute sa colère. Va-t'en !

Dans ses yeux, je lis le même effroi que celui affiché par le dragon lorsqu'il m'avait montré ses crocs. Je ne peux que fermer les yeux et carrer les épaules, comme l'avait alors fait Belle.

D'un raccourci clavier, Kei coupe la communication.

La tonalité résonne dans le vide.

Aussitôt, un message d'erreur s'affiche à l'écran, accompagné d'un son d'alerte.

« Une erreur s'est produite. Merci de réessayer ultérieurement. »

— Kei, réponds ! m'écrié-je en cliquant sur le bouton d'appel, paniquée.

L'écran reste noir.

— Il s'est déconnecté, marmonne Hiro.

— Où êtes-vous ? Réponds-moi ! hurlé-je, désespérément, sans me soucier d'elle.

— Il ne te fait pas confiance ! me rabroue-t-elle, haussant le ton à son tour, avant d'ajouter plus bas, penaude : alors, il ne risque pas de te dire où il se trouve…

— Qu'est-ce qu'on peut faire ? murmure Luka.

— Oui, quoi ? lui fait écho Mme Kita.

Personne, dans la salle, n'a de réponse.

Plongé dans un silence obstiné, Shinobu semble réfléchir intensément. Longuement. Profondément. Avant de lever lentement les yeux.

— Chante sous ta vraie identité, dit-il enfin.

J'inspire en sursaut, comme frappée par une flèche.

Une voix résonne dans l'obscurité.

— Faites place à Belle !

La foule des AE qui m'encerclent recule comme un seul homme dans un grondement sonore.

Le mouvement révèle un grand espace vide en forme d'œuf géant.

Les AE font entendre leur clameur.

La masse des AE agglutinés, qui s'étire pour créer de l'espace en son centre, ne cesse de grandir à mesure que de nouveaux arrivants viennent s'y joindre.

Justin et ses chefs de brigade surveillent la situation depuis un quartier de buildings.

— Ouvrez l'œil. Si elle chante, il viendra. Comme la dernière fois.

Il plisse les yeux, comme pour ajuster sa visée.

— Il va venir. C'est sûr !

Au centre du parc, la masse continue de grossir.

Suspendue au cœur de ce cocon géant, tête baissée, je continue de réfléchir.

Dans la salle d'étude, Shinobu prend la parole d'une voix douce, mais ferme.

— Ce n'est pas Belle, mais Suzu qui doit chanter.

Je me fige, muette.

— Pardon ?! s'étrangle Hiro, qui se retourne pour le fusiller du regard. Ne dis pas n'importe quoi !

Il poursuit, sans me quitter des yeux :

— Je pense que c'est le seul moyen de reprendre contact avec lui.

— Tu te rends compte de ce que tu dis ?! rétorque violemment Hiro, arc-boutée sur le dossier de sa chaise. Tu sais ce que ça suppose ? Ça reviendrait à réduire à néant tout ce que Suzu a bâti jusqu'à présent !

— Ah… !

Les deux mains sur le bureau, je baisse la tête. Hiro a raison.

Shinobu, lui, n'en démord pas.

— Mais c'est le seul moyen de gagner sa confiance, fait-il valoir.

Hiro craint-elle que ses paroles aient fini par m'atteindre ? Elle m'attrape le poignet et me secoue plusieurs fois le bras, comme pour me convaincre.

— Suzu ! Pense à tout ce chemin parcouru ! Veux-tu redevenir la pauvre fille ringarde que tu étais ?! Veux-tu redevenir cette gamine pleurnicharde ?! C'est ça que tu veux ?!

Tiraillée de toutes parts, je secoue violemment la tête, gémissant d'angoisse.

Luka et Kamishin restent sans voix face à cette situation.

Mme Kita m'observe avec une expression peinée.

Mme Okumoto affiche une mine sévère.

Mmes Yoshitani et Hatanaka en font de même.

Quant à Mme Nakai, elle croise les bras, une expression d'amertume sur le visage.

— Bientôt, tout le monde connaîtra leur véritable identité, à tous les deux, poursuit calmement Shinobu. Que peux-tu faire pour eux si tu gardes ton masque ? Comment pourrais-tu les atteindre si tu continues de dissimuler ton vrai visage ?

Me voilà face à un carrefour.

Que faire ?

Oui, que faire ?

Dans mon cocon ovoïde, je continue de secouer la tête, découragée.

— Alors ! Pourquoi ne chante-t-elle pas ? s'impatiente Justin, agacé par ce *statu quo*. Et puis zut !

— Hein ?!

Avant que ses hommes aient pu l'arrêter, il part en trombe.

Et traverse la masse des AE pour pénétrer dans le cocon.

Au centre du moniteur géant installé dans la salle de classe sont diffusées les images de l'intérieur du cocon.

Debout face au poste, je réfléchis, tête baissée.

La fenêtre dans laquelle s'affiche la vision de Belle bascule en mode plein écran.

J'hésite un long moment sur la marche à suivre.

Soudain, la décision m'apparaît clairement. Je sais, sans aucun doute, ce que je dois faire.

Déterminée, je lève lentement les yeux.

Déterminée, Belle lève lentement les yeux.

Une forme s'approche.

— Chante !

C'est Justin, qui a fait irruption à l'intérieur du cocon.

— Chante, et attire la bête affreuse !

Le regard plongé dans le sien, je brandis lentement la main gauche.

Les bras tendus, Justin se dirige droit sur moi.

— Chante !

Je lui attrape le bras.

— Mais qu'est-ce que tu fais ?!

Il tente de se dégager.

— Déclenche le rayon ! m'écrié-je.

— Quoi ?!

— Braque-le sur moi !

Je le fixe sans faiblir.

Surpris, il écarquille les yeux.

Soudain, une lueur verte éclate, aveuglante. Des rais de lumière s'échappent par les interstices du cocon.

Intrigués, les AE rassemblés n'en perdent pas une miette.

— Qu'est-ce que… ? laisse échapper Justin, ébahi. Idiote ! Ne me dis pas que tu veux te dévoiler !

Un grondement retentit.

Une aile métallique jaillit brutalement du bracelet que Justin porte au poignet droit avant de se déployer.

Au même instant, l'objectif émet le rayon vert à pleine puissance.

La lumière ainsi produite m'inonde de plein fouet.

Vent, particules lumineuses et bulles d'eau tourbillonnent autour de moi comme pour lessiver mon corps tout entier. Mes cheveux, mes jambes, mes bras, mes doigts, mes ongles, jusqu'à mes cils et mes lèvres : je suis graduellement dépouillée de toutes les caractéristiques physiques associées à Belle.

Justin ne l'avait-il pas dit lui-même ?

« En temps normal, les données biométriques scannées par le récepteur sont converties en AE par un algorithme. Or, ce rayon est capable d'annuler complètement ce processus. Il projette alors l'Origine de l'AE directement dans U. C'est ce que l'on appelle "dévoiler"… »

C'est précisément ce qui est en train de se produire sur moi.

Les innombrables AE qui peuplent U continuent d'affluer afin d'assister à ce qui se prépare.

Soudain, une brèche apparaît au sommet du cocon.

Les AE commencent à tomber en masse depuis la craquelure. Chaque chute en entraîne d'autres, dans un grand effet domino propageant les fissures toujours plus loin. Avec un rugissement, la foule se trouve emportée en direction du module « parc » du courant principal de U.

Au centre du cocon défait, une petite silhouette apparaît, illuminée par la lueur verte.

— Oh… ! s'écrie quelqu'un en la remarquant.

Ce doit être Belle, à n'en pas douter…

Voilà pourtant qu'un autre pousse un hurlement de surprise.

Bientôt suivi d'autres.

Les esprits s'échauffent. Chacun pointe la silhouette du doigt, ébahi.

À mesure que se dissipe l'apparence de Belle, enveloppée de lumière verte, une figure humaine apparaît, brillant de mille feux, et descend lentement vers la foule.

C'est une adolescente vêtue d'un uniforme scolaire.

Dans son dos se dessinent deux grandes ailes métalliques qui se détachent et tombent avec elle. Peut-être s'agit-il d'un dispositif spécialement conçu pour se désolidariser en cas de dévoilement. La silhouette qui descend en compagnie de ces ailes brisées a des allures d'ange déchu.

Une adolescente… C'est là ma forme véritable.

L'Origine de Belle...

En découvrant mon vrai visage, celui d'une jeune fille au visage criblé de taches de rousseur, seule au monde, à la jupe plissée toute froissée et à la cravate battue par le vent, les AE ne cachent pas leur surprise.

Elle est complètement différente...

Mais elle a les mêmes taches de rousseur.

Le récepteur reproduit en direct son apparence physique et vestimentaire d'après les données scannées sur son Origine.

Le spectacle s'avère insupportable pour la pauvre Eroh.

— Aaaah… ! Comment a-t-elle pu… ?! laisse-t-elle échapper, la tête dans les mains.

Je m’immobilise, suspendue dans l’espace. La lumière verte s’estompe en clignotant.

Partout où je pose le regard, j’aperçois les AE rassemblés dans le parc, à perte de vue. Sont-ils des milliers ? des millions ? des milliards ? Je ne saurais le dire. Jamais je n’avais encore vu autant de personnes réunies en un seul et même endroit.

Je suis si nerveuse que ma vue se brouille. Mes mains, mes pieds, mes doigts tremblent… jusqu’à ma mâchoire.

Parmi les AE, c’est l’incompréhension.

Dans un coin se trouve Peggy Sue, venue assister avec tout le monde au dévoilement de la diva.

— Belle… C’était donc une fille si ordinaire… ?

Elle frissonne.

— On est pareilles, dans le fond.

Peut-être son vrai visage est-il plus banal encore que celui de Belle. Elle qui, dans le monde réel, mène une existence morne, vide de tout espoir, s’est offert une nouvelle vie dans U. Qui pourrait renoncer volontairement à un rêve si durement gagné ?

À sa place, jamais elle ne pourrait le supporter. Révéler son Origine aux yeux du monde entier, c'était encore pire que de se mettre à nu.

On dit pourtant que c'est Belle elle-même qui a décidé de lever le voile sur son identité.

Pourquoi ?

Peggy Sue ne le comprend pas.

Dans la salle de classe, Hiro secoue frénétiquement la tête.

— Notre secret, si jalousement protégé…

Shinobu s'avance d'un pas.

— C'est celle-là, l'appli de production musicale ? demande-t-il en consultant l'ordinateur portable posé sur le bureau.

— Hein ? Touche pas ! s'écrie Hiro en lui agrippant le bras.

Mais le jeune homme lève les yeux vers l'écran, sans se préoccuper d'elle.

— Suzu !

Et clique.

Mélodie

Un prélude résonne dans les rues de U.

Fouettée par le vent, je fais face à la foule des AE, seule.

Malgré tout, je ne bouge pas d'un pouce.

— Chante, Suzu ! lance Shinobu.

— Impossible ! Elle est incapable de chanter à visage découvert ! martèle Hiro en lui secouant le bras pour le retenir.

— Elle en est capable.

— Puisque je te dis que non !

Mme Kita avale sa salive.

— Suzu…

— Allez, Suzu, murmure à son tour Luka.

— Que va-t-elle faire ? s'interroge Mme Okumoto sans se départir de sa mine sévère.

— Suzu, articule Mme Yoshitani, tout aussi grave.

Le visage baissé, je commence à chanter.

— Elle chante ! laisse échapper Mme Nakai en se penchant en avant.

Mme Hatanaka l'imite.

— Elle qui est paralysée en public !

Je ne parviens pas à projeter ma voix. Une série de bandeaux se mettent à défiler autour de moi en cercles concentriques tandis que je fredonne. Les paroles y sont traduites dans diverses langues.

Une fleur scintille
En couleur
Comme un diamant qui brille
L'amour est là, beau et fragile...

C'est à peine si je parviens à prononcer une phrase. Ne supportant pas de regarder devant moi, je fais volte-face.

Dans mon dos, j'entends les murmures perplexes de la foule, immense.

Les médias en ligne publient déjà des articles sur le retour inattendu de Belle.

On peut lire : « La diva dévoilée », « Son Origine révélée aux yeux du monde » ou encore « Qui se cache derrière le masque ?! ».

Les bulles de commentaires ne sont pas en reste.

Vous avez vu ?
Belle...
L'identité de Belle ?
Dévoilée ?
Sérieux ?!
Qui est-ce ?!

D'immenses écrans verticaux s'élèvent les uns après les autres, ainsi qu'une sorte de scène éphémère. Sur les panneaux s'affiche ma silhouette, de dos.

Je n'ai nulle part où aller. Impossible de fuir.

Alors, rassemblant mon courage, je fais face au public.

La lumière du crépuscule se déploie dans la mégalopole de U.

Moi, j'ai parfois perdu la route
L'éclat, la lueur du phare
Le cœur arrimé au doute
J'allais au hasard

Ma voix manque de puissance. Mais en fermant les yeux, je parviens à chanter. À peine ai-je fini que je baisse de nouveau le nez.

Les AE semblent stupéfaits de me voir projetée sur les écrans sous différents angles.

Elle tremble...

On voit clairement que mes lèvres frémissent.

Certes, son timbre rappelle celui de Belle...

Mais elle n'a pas son assurance.

Arrête. Ne viens pas gâcher nos illusions.

Désolé, mais elle est vraiment trop ringarde.

Je préférerais qu'elle redevienne Belle.

Partout, les écrans renvoient l'image de ma silhouette défaillante.

Mais quand même, pourquoi avoir dévoilé Belle ?

T'écoutes, un peu ? Puisqu'on te dit que c'est elle qui l'a voulu !

Les spéculations vont bon train.

Pourquoi révéler son identité ?

Elle doit bien avoir une raison.

Oui, forcément.

Mais laquelle ?

Bonne question...

Les AE contemplent la scène, abasourdis.
Quant à moi, je baisse toujours la tête.

Peggy Sue couve la diva dévoilée d'un regard inquiet.

Derrière elle, des demoiselles aux oreilles de chat s'en donnent à cœur joie.

— Je le savais.

— J'en étais sûre !

— Tout ça pour finir dévoilée...

— Grave.

Échangeant un regard, elles éclatent en chœur d'un rire cruel.

Une terrible frustration s'empare de Peggy Sue tandis qu'elle les écoute.

Elle aimerait dire à ces gamines pourries gâtées de déguerpir.

Pourquoi ressent-elle une telle colère envers ces filles, alors qu'il n'y a pas si longtemps encore elle partageait leur point de vue ?

— Belle. Ne te laisse pas dicter ce que tu dois faire...

Le soleil viendra
Réchauffer ma vie
Mais s'il brille sans joie
Sans amour, pourquoi vivre ?

Un projecteur se braque sur moi.

Tête haute, les mains sur la poitrine, je chante.

À l'infini
Plus haut que l'oiseau
Plus loin que la nuit

Reste dans ma vie
Et, malgré la distance
Les différences
Pour un million d'années
Nos vies sont liées

Tous les AE écoutent, stupéfaits.

Belles ingénues, monstres, chiens, chats, canards, gangsters virils, jeunes premiers, catcheurs, fées, ermites, créatures marines, bêtes de la montagne, samouraïs en armure, snipers, marteaux, personnages coiffés de chapeaux pointus, de couettes, au visage maquillé en étoile, et même sirènes et naïades…

J'ai le cœur qui bat
Ne me quitte pas
Même les yeux fermés
Tu es dans ma vie

À l'infini

Pour un million d'années
À mes côtés

À peine ai-je fini de chanter que le projecteur s'éteint.

Au même instant, toutes les fenêtres des gratte-ciel s'assombrissent simultanément : U vient de passer en mode « minuit ».

La mégalopole tout entière se trouve enveloppée par les ténèbres.

Plongés dans le noir, les AE laissent exploser leur enthousiasme.

C'est bien elle, c'est notre Belle !

Il n'y a pas d'erreur possible !

Sans doute s'adresse-t-elle à quelqu'un en particulier à travers cette chanson.

Oui, c'est aussi mon impression.

À une personne unique parmi les cinq milliards de comptes qui peuplent U !

Les écrans dressés derrière moi disparaissent l'un après l'autre.

On dirait qu'elle avait un message à faire passer absolument…

J'ai l'impression que depuis ses débuts, Belle n'a toujours chanté que pour une seule personne.

Bientôt, tous les écrans se sont éclipsés pour laisser place aux ténèbres.

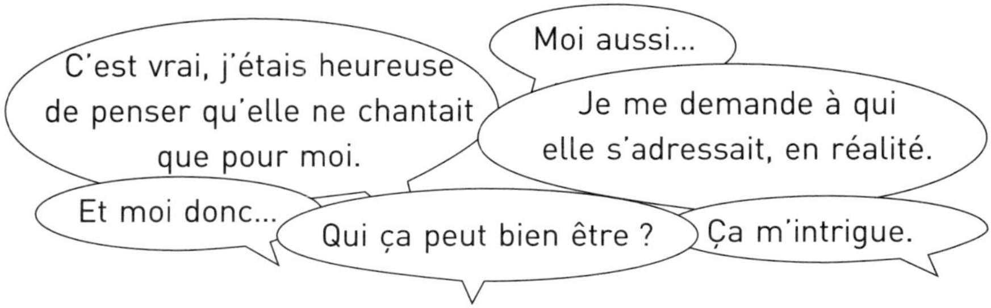

Par-delà l'horizon, dans l'interstice séparant les unités, une lune en forme de U se déplace lentement.

Au cœur du vent tourbillonnant, le regard perdu devant moi, je me remémore de lointains souvenirs…

— Au secours… Au secours !

La voix d'une fillette en pleurs résonne sur la rive.

En un clin d'œil, la rivière en crue a gonflé pour l'isoler sur son banc de sable.

Les adultes paniquent.

— Comme c'est affreux !

— Il faut la sauver !

— Non, n'y va pas !

— Pourquoi ?!

— Même si tu la sauves, tu risques de te noyer !

— Que faire, alors ?!

La fillette doit avoir 4 ou 5 ans. Elle est plus petite que moi. Elle vient de la ville, comme en témoignent ses habits chamarrés, et elle pleure, impuissante.

Les adultes élèvent la voix.

— Lancez-lui une bouée !

— Impossible ! C'est une enfant !
— Appelez la police, les secours !
— Ils n'arriveront jamais à temps !
— Mais alors que faire ?
— Oui, que faire ?
— Que faire ?!

Le jeune Shinobu écoute les cris des grandes personnes, lui aussi.

Jetant un regard de côté, j'aperçois maman qui se reflète dans ses yeux.

De son point de vue, elle semble hésiter sur la marche à suivre.

Malgré tout, elle s'élance, attrape un gilet de sauvetage abandonné sur un canoë de location et l'enfile à la hâte.

Je m'agrippe à l'ourlet de ses vêtements et tire de toutes mes forces pour la retenir.

— N'y va pas, maman ! Ne pars pas !

Elle s'accroupit et me prend la main.

— Je n'ai pas le choix. Si je ne fais rien, cette petite va mourir.

C'est vrai. Oui… c'est ce qu'elle m'a dit.

Puis elle se relève comme pour se débarrasser de moi et se met à courir. Je tente de la suivre, paniquée, mais trébuche et tombe. Restée assise, je l'appelle de toutes mes forces.

— Maman ! Mamaaan ! Maman… !

Mais elle ne se retourne pas. Après avoir vérifié où se trouve la fillette, elle entre dans l'eau en amont et se laisse porter par le courant pour aller la secourir.

Une fine pluie se met à tomber.

On sort la fillette de la rivière. Les hommes la hissent sur le rivage. Les adultes se précipitent auprès d'elle.

— Vite, vite !

— Tout va bien ?

— Une ambulance !

— Dépêchez-vous !

— Plus vite !

Trempée jusqu'aux os, j'observe la scène.

— Tiens bon !

— On y est presque !

— Sauvée !

— C'est un miracle !

— Quelle chance…

La fillette porte un gilet de sauvetage rouge. Celui-là même que maman a enfilé avant d'entrer dans l'eau.

C'est à cet instant que je comprends ce qu'il s'est passé.

Maman a disparu.

— Maman… Maman… Maman !

Je l'appelle, encore et encore. Mais elle demeure introuvable. Au loin, une sirène d'ambulance retentit. Enveloppée dans une couverture, la fillette passe de main en main tandis que les adultes quittent les rives de la Niyodo. Tous sont trop occupés pour remarquer l'absence de la secouriste improvisée.

— Maman !

Seule, je continue de l'appeler, inlassablement.

Encore et encore. Et encore.

Sous la pluie fine, le débit de la rivière s'accélère.

C'est alors que…

— Hein ?!

Maman apparaît sur la rive opposée.

Le bruit assourdissant du courant s'évanouit.

— Ma…

J'essaie de parler, mais ma voix ne sort pas. Larmes et morve mêlées se mettent à couler à la place.

Maman me regarde fixement de l'autre côté de la rivière.

Elle sourit. Mais pourquoi ? Elle affiche la même expression joyeuse que lorsque nous jouions ensemble.

Je n'arrive pas à voir à travers mes larmes.

— Ne pars pas… !

Ne me laisse pas seule.

Je ne pourrai pas vivre seule.

J'avance d'un pas chancelant.

Les galets du rivage oscillent, instables, à chacun de mes pas.

J'entre à mon tour dans l'eau, comme attirée par le courant.

Alors…

— Suzu !

Une petite main s'empare de la mienne pour me tirer en arrière.

C'est Shinobu.

Dans mes oreilles retentit de nouveau le fracas de la rivière en crue.

Combien de fois me suis-je remémoré cette scène ?

Shinobu approche, un ballon de minibasket à la main, et s'accroupit pour scruter mon visage en larmes.

Ce décor existe toujours.

Il se trouve sur le terrain d'une école primaire désaffectée.

Debout à la fenêtre de la salle d'étude située au premier étage, Shinobu contemple cet endroit où ils se sont rapprochés.

— Je ne suis pas le père de Suzu, ni une de ses bonnes copines, dit-il. Mais je pense que c'est bien d'avoir quelqu'un en plus qui se soucie d'elle.

Luka porte la main à la bouche comme pour signaler son assentiment.

— Et sa mère…

Mme Okumoto cligne des yeux, comme prise d'un souvenir.

— Shinobu, tu n'es pas seul. Nous sommes là.

Mme Nakai le regarde d'un air triste.

— Je me suis toujours considérée un peu comme sa maman.

Mme Kita détourne la tête avec un sourire.

— Au nom de sa mère, j'ai souri, je me suis mise en colère, j'ai pleuré…

Mme Hatanaka essuie ses larmes.

— Quelles mamans irresponsables nous faisons !

— Mais grâce à Suzu, nous avons connu un bonheur inattendu, déclare Mme Yoshitani, la main sur le cœur et l'œil humide.

Il fait nuit noire dans la ville de U, seulement éclairée par la lueur de la lune.

Je plisse les yeux afin de percer l'obscurité.

— Kei... Où es-tu ? Je t'en prie, réponds-moi... Fais résonner ta voix... Kei... S'il te plaît, Kei... !

Je chante mes sentiments les plus profonds.

D'une voix tremblante, sans même y mettre des mots.

Lalalala, lalalala, lalalalaa...

Une lumière diffuse s'allume dans mon cœur.

Au début, ce n'est qu'un point minuscule au centre de ma poitrine. Puis, à mesure que mon chant se déploie, la lueur s'élargit. Elle semble déborder de l'intérieur pour aller se répandre à l'extérieur, tranquillement. Comme la flamme d'une chandelle que l'on aurait allumée dans ma poitrine.

Ce n'est pas la première fois que je sens apparaître cette lumière : je l'ai déjà ressentie lorsque je pleurais devant la chambre du dragon. Ouvrant lentement la main, j'avais vu une marque ronde se dessiner sur ma poitrine, telle une ecchymose. Elle émettait une clarté chaude et diffuse.

Cette fois, c'est pareil. La technologie de partage corporel a donné à mes peines de cœur une forme tangible.

Plus je chante, plus la lumière gagne en intensité.

— Suzu… ! murmure l'AE de Mme Hatanaka.

— Suzu, tu… ! laisse échapper à son tour Mme Okumoto.

Les choristes sont là, dans U, à travers leurs AE. Le dessin de chacun de leurs avatars, coloré et merveilleusement détaillé, leur correspond parfaitement.

— Suzu… !

Luka et Kamishin aussi se sont connectés avec leurs AE.

La première est un oiseau bleu équipé d'un saxophone alto. L'autre, un chien portant un énorme canoë.

Je continue de chanter.

Lalalala, lalalala, lalalalaa…

Une larme s'échappe des yeux d'un AE.

Un gangster viril se laisse aller à des sanglots inattendus.

Lalalala, lalalala, lalalalaa…

Une clarté identique à la mienne se met à briller dans les poitrines de certains d'entre eux.

Un, puis deux, puis trois…

Bientôt, elles se multiplient comme des petits pains. La lueur se propage à la ronde, d'avant en arrière, comme un bâton de relais.

Par dizaines, par centaines, par milliers.

Dans tous les cœurs, la flamme ondule avec émotion au rythme de ma chanson.

C'est un sentiment indescriptible. Comme une complainte, un encouragement, un remède contre la tristesse, un moyen de se relever.

— Toi qui n'avais pas d'amis à part moi…, s'étonne Eroh. Et pourtant, regarde !

Les larmes lui montent aux yeux. Dans son cœur apparaît la même flamme.

Telle une déferlante, l'onde lumineuse se propage jusqu'à l'horizon.

Des dizaines de milliers. Des centaines de milliers. Des millions.

Prises individuellement, les lumières visibles dans les poitrines de ces innombrables AE semblent parfois douces, parfois tendres, parfois tamisées. Mais unies toutes ensemble, elles se font intenses, robustes, aveuglantes.

Lalalala, lalalala, lalalalaa…

Abasourdie, je contemple cet océan de lumières, trop nombreuses pour être comptées.

Des dizaines de millions. Bientôt des centaines.

Quel tableau.

Tant de personnes rassemblées, dont les sentiments prennent forme devant mes yeux. Car il ne faut pas croire que les sentiments sont invisibles pour les yeux. Ici, dans U, ils prennent une forme concrète, avec des contours définis, une couleur et une immanquable luminosité.

Une puissante émotion s'empare de moi face à ce spectacle. Les yeux baignés de larmes, la mâchoire tremblante, je n'arrive plus à moduler ma voix. Retenant mes sanglots, je baisse la tête et tente de sécher mes pleurs, interrompant mon chant. Secouant le chef, je me tamponne obstinément les paupières. Mais j'ai toujours le plus grand mal à poursuivre.

— Suzu ! s'écrient les choristes à l'unisson.

La lumière oscille dans leurs poitrines.

— Suzu ! leur fait écho Luka en brandissant son saxophone, le cœur scintillant.

— Belle… ! s'exclame alors Peggy Sue, submergée par l'émotion. Chante ! Ne t'arrête pas !

Elle-même reprend mon refrain à tue-tête.

— Lalalala !

Autour d'elle, les AE se retournent, perplexes.

— Eh, mais c'est Peggy Sue.

— Hein ? La fameuse ?

— Qu'est-ce qu'elle fait là ?

— Belle ! Continue de chanter ! s'époumone l'intéressée, sans se soucier des réactions.

Inspirés par son exemple, les AE se mettent à fredonner la mélodie, comme s'ils répétaient des fragments de chanson.

Lalalala, lalalala, lalalalaa…

La mélodie se répand peu à peu. Toujours plus nombreux, les AE unissent leurs voix pour reprendre cette romance sans paroles. Ces dernières résonnent d'un bout à l'autre du parc.

Lalalala, lalalala, lalalalaa…

Les AE du chœur entonnent à leur tour le refrain en ondulant.

L'AE de Luka, elle, préfère la jouer au saxophone.

Une magnifique session improvisée par une foule immense.

Dans les ténèbres nocturnes, les AE chantent, innombrables, le cœur illuminé.

Plus ils chantent, plus chacune de leurs lumières gagne en intensité.

— Comment est-ce possible ?! éructe Justin, blême, d'une voix tremblante. Pourquoi n'a-t-elle pas été expulsée après avoir été dévoilée ?!

Jamais il ne se serait attendu à un tel résultat.

Une fois dévoilé, l'utilisateur ne peut plus exister au sein de U. C'est ce qui rend la procédure si redoutable. Celui qui détient le pouvoir de dévoiler l'autre peut contrôler le monde.

Or, Belle a bien été dévoilée. Logiquement, elle aurait dû être moquée, humiliée, rouée de coups et jetée à terre.

Et pourtant, voilà le spectacle qui s'offre à présent aux yeux du justicier… C'est à n'y rien comprendre !

Que se passe-t-il donc ?

Soudain, le logo d'un sponsor disparaît derrière lui.

— Hein ?!

Il se retourne, paniqué. Les autres logos disparaissent à leur tour, les uns après les autres, comme emportés par la marée. En quelques secondes, il ne reste plus personne pour soutenir Justin.

— C'est une blague ?!

Il serre les dents, visiblement acculé dans ses retranchements. Il a déjà perdu son statut d'homme puissant, d'élu parmi les AE.

La foule des AE aux cœurs luisants forme comme un océan doré.

Au centre se forme un énorme renflement.

— Qu'est-ce que... ?!

Une baleine géante bardée de haut-parleurs émerge pour nager nonchalamment sur les flots dorés, à la tête d'une immense vague.

— Oooooooooh... !

Le cétacé ouvre grand la bouche, comme pour se joindre au chœur des AE.

Un spectaculaire jet d'eau jaillit à la verticale, illuminant le ciel tels des feux d'artifice.

Je me trouve propulsée sur le museau du mammifère marin.

À l'endroit même où Belle a chanté pour le monde entier, vêtue de sa robe de fleurs écarlates.

Je me tiens là une nouvelle fois, sous mon propre visage.

Et je chante.

Accompagnée de ses petits, la baleine vogue nonchalamment sur la mer dorée.

On chante la vie
Le monde est beau
En harmonie
Ensemble on peut voler
Toucher les étoiles
Les yeux fermés
Car maintenant j'irai
Où mon cœur veut aller

Du son de nos voix
Une fleur a éclos
Une mélodie
Qui rend la vie si belle

On chante, on chante, on chante !

Tant que l'amour sera là
Je continuerai
Et je chanterai

Je chanterai toujours !

Je ne suis plus une beauté sublime. Je suis redevenue une simple fille de la campagne, au visage constellé de taches de rousseur.

Mais Belle réside quelque part en moi.

Elle est cet *alter ego* qui m'a rendue plus forte. Elle a beau avoir disparu, elle subsiste au plus profond de mon être, tel un noyau.

Belle, ta vie m'a revigorée.

Sois-en remerciée.

Alors que je formule cette pensée, une myriade de fleurs éclot sur tout mon corps.

Leurs corolles se déploient dans une floraison perpétuelle qui vient colorer la ville de U, telle une pluie de pétales diffusée par la baleine ondulant avec grâce au-dessus de la foule scintillante.

Entourée de ses petits, elle me promène benoîtement sur l'océan doré des AE qui se trémoussent.

Dans le ciel flotte le croissant de lune en forme de U.

Je termine ma chanson sur un aigu éclatant, projeté à pleins poumons.

Comme pour célébrer chaque être présent en cet instant.

— Incroyable…, souffle Kei en regardant la diffusion en direct, bouleversé.

D'épaisses larmes coulent des yeux de Tomo.

— Kei… Je veux… rencontrer Belle… J'aimerais… la voir…, plaide-t-il.

Mais un doute saisit son grand frère.

— Tu crois que c'est vraiment elle ? Je ne lui fais pas entièrement confiance, murmure-t-il d'un air résolu. Mais…

Si c'est ce que souhaite Tomo…

À visage découvert

Je lève lentement la tête.

Encore plongée dans le monde de U un instant plus tôt, me voilà de retour dans la salle d'étude de mon ancienne école.

Je suis encore étourdie, comme si j'émergeais tout juste d'un rêve.

Devant mes yeux se trouve la fenêtre de chat vidéo, toujours déconnecté.

« Chargement en cours », annonce l'écran, puis la connexion se rétablit.

La voix de Tomo résonne dans les haut-parleurs.

— Belle… ? Tu me vois ?

Les deux frères apparaissent à l'image, côte à côte, les yeux rivés sur la webcam de leur ordinateur portable. C'est eux qui ont initié la connexion.

Dans la salle, derrière moi, c'est l'explosion.

— Elle a réussi ! s'écrient-ils tout en sautant de joie.

Pour ma part, je demeure hébétée, comme si j'étais toujours dans un rêve.

— Suzu…, m'interpelle Shinobu.

Je le regarde, ébahie.

— Ils ont été touchés par ta sincérité, ajoute-t-il avec un sourire.

Son expression me ramène enfin dans le monde réel.

— Shinobu, je suis si contente !

Le cœur débordant de joie, je me blottis dans ses bras telle une enfant.

Il me rend mon étreinte en me tapotant l'arrière de la tête.

— Je sais.

Je frotte ma joue baignée de larmes contre la sienne.

— Si contente…

Une notification attire l'attention du père de Kei et de Tomo.

— Hm ?

Il profite d'une pause entre deux réunions à distance pour consulter son smartphone. Une vidéo est attachée au message. Il en lance la lecture :

Un vase se renverse et se brise par terre.

« Pourquoi faut-il toujours que tu refuses de m'écouter ? »

Cette silhouette, c'est la sienne, filmée quelques instants plus tôt.

— Qu'est-ce que… ?

Quelqu'un fait tourner l'extrait sur les réseaux.

Le père quitte précipitamment sa chambre, le visage déformé par la fureur.

— Tu as de quoi noter ? On habite...

Dans le chat vidéo, Kei s'apprête à énoncer son adresse lorsqu'il est brutalement interrompu.

Son père entre dans la pièce avec fracas.

— Oh ?!

Les deux enfants se retournent. Balayant la pièce du regard, l'adulte avise la webcam allumée de l'ordinateur portable.

— C'est donc ça !

Il fonce droit sur eux. Kei se lève de sa chaise pour s'interposer.

— Arrête... Laisse-nous !

L'adolescent fait de son mieux pour empêcher son père d'atteindre l'ordinateur. Même Tomo se joint à la mêlée.

— Dégage ! hurle l'homme en repoussant violemment les deux enfants, comme s'ils étaient de vulgaires objets.

Avant de se rappeler avec horreur la présence de la caméra.

— Merde... !

Il tend le bras pour rabattre brutalement l'écran du portable.

Aussitôt, un message s'affiche dans la fenêtre vidéo.

« Une erreur s'est produite. Merci de réessayer ultérieurement. »

La connexion est une nouvelle fois interrompue.

Nous restons figés, en état de choc.

Les dames du chœur sont les premières à retrouver la parole.

— Ces petits sont en danger…

— Il faut aller les protéger.

— D'accord, mais où ?

— On n'a même pas pu noter leur adresse !

— À vrai dire, je crois savoir où ils sont, annonce timidement Luka.

— Ah bon ?

— Tout à l'heure, dans la vidéo, j'ai entendu une mélodie annonçant la tombée de la nuit.

— Une mélodie ?

Luka penche la tête d'un air pensif.

— Deux, même. Il y avait *Yûyake Koyake*. Mais aussi… *Yashi no Mi*.

— Elles devaient être diffusées par les haut-parleurs de la radio de prévention des catastrophes, réagit aussitôt Shinobu.

— Mais pourquoi y en avait-il deux ? s'étonne Mme Nakai.

— Parce qu'ils sont à la frontière entre deux municipalités.

— Lesquelles ? s'enquiert Mme Yoshitani.

— On va vérifier ça tout de suite, dit Shinobu en consultant son smartphone.

Assise au bureau, Hiro se retourne.

— L'enregistrement est prêt !

— Alors ?

Les dames du chœur se pressent autour du grand moniteur.

L'extrait du chat vidéo montre Kei alors qu'il coupe la communication. Hiro retourne à la scène où le père domine ses fils, recroquevillés au sol.

Puis elle lance le replay.

Quelque part à l'extérieur de la pièce, on entend deux mélodies qui se superposent.

Yûyake Koyake et *Yashi no Mi.*

— En effet, murmure Mme Nakai, impressionnée.

— Sacrée Luka, tu as l'oreille fine ! remarque Kamishin.

Soudain, Mme Okumoto pointe l'index vers le bord de l'écran.

— Tiens ? Qu'est-ce qu'on voit, là, dehors ?

— Hmm ?

Une forme se dessine par la petite fenêtre.

— Agrandis, pour voir.

Hiro s'exécute.

— Qu'est-ce que c'est ?

Des détails commencent à se préciser à mesure que l'image se rafraîchit.

— Un bâtiment... Une tour d'appartements ?

— Deux ?

Deux gratte-ciel identiques semblent s'étirer au-delà du cadre.

Mme Nakai secoue Hiro par les épaules.

— Où est-ce ? Cherche !

— Comment ? Il me faut plus d'infos !

On n'a aucun moyen de les identifier.

C'est alors que Kamishin se frappe le front, comme pris d'une révélation, avant d'examiner l'image de plus près.

— Tiens ? Attendez…

— Quoi ? l'interroge Luka.

Il réfléchit un moment avant de pointer le moniteur.

— Luka. Je sais où ils sont !

— Pardon ?

Hiro se retourne, incrédule.

— Attends une minute. Ben ça alors, où elle est passée ?

Kamishin cherche frénétiquement quelque chose sur son téléphone.

— Dépêche ! le houspille Hiro, impatiente.

C'est Shinobu qui trouve la réponse en premier.

— Ah, voilà !

Hiro se jette sur le clavier.

— C'est où ?!

— Dans les environs de Tokyo. Ces gratte-ciel se situent entre l'arrondissement d'Ôta et la ville de Kawasaki !

Hiro s'empresse de faire apparaître une carte sur le moniteur principal. Quittant notre position actuelle sur les rives de la Niyodo, l'indicateur de géolocalisation traverse la préfecture de Kochi en direction de la capitale. Après avoir suivi sa route, l'image zoome sur le fleuve Tama, qui coule entre l'arrondissement d'Ôta, à Tokyo, et la ville de Kawasaki.

Kamishin se redresse d'un bond.

— C'est là ! Regardez, j'ai pas raison ?!

Il brandit son smartphone, affichant une photo de groupe sur laquelle il pose au milieu du premier rang – celle-là même qu'il m'a montrée il y a quelques jours. À l'arrière-plan, sur la rive opposée du fleuve, se dressent les tours jumelles.

La carte passe en vue tridimensionnelle. La caméra contourne la zone Musashi Kosugi pour faire apparaître les deux buildings. Hiro met côte à côte une capture d'écran du chat et la photo que Kamishin vient de transmettre à l'ordinateur.

— Les trois correspondent. Pas d'erreur possible !

Shinobu et Kamishin échangent une tape victorieuse.

— Bien joué !

Luka et Hiro les imitent.

— On a réussi !

Mme Yoshitani, elle, est déjà sur son téléphone.

— Allô ? Bonjour, pardonnez-moi de vous déranger, dit-elle poliment, je souhaiterais vous signaler deux enfants victimes de maltraitance dans votre région, qui ont besoin d'une mise sous protection immédiate…

Elle appelle un centre pour la protection de l'enfance. Son expression s'assombrit, cependant.

— Pardon ? Vous n'intervenez pas tout de suite ? Le règlement, dites-vous ? Quarante-huit heures ?

Visiblement, la procédure impose un délai de vérification de deux jours avant de prendre contact directement avec l'enfant.

— Et s'il devait leur arriver malheur pendant ce laps de temps ?

Je me retourne lentement.

— Il faut que j'y aille !

Mon corps se met en mouvement de lui-même. Je cours déjà.

— Suzu !

— Je t'amène à la gare !

Mme Nakai et Mme Kita se lancent à ma suite.

— Suzu ! m'appelle Shinobu.

Mais j'ai déjà quitté la salle.

Les phares du minivan de Mme Kita clignotent tandis que le moteur se met en marche dans un vrombissement. Le véhicule quitte le terrain de l'école dans une embardée, soulevant un nuage de poussière blanche.

Le soleil se couche dans une demi-heure.

Les mains crispées sur le volant, Mme Kita prend la nationale le long de la Niyodo. Sur le siège passager, Mme Nakai se penche vers la banquette arrière pour me montrer l'itinéraire qui me conduira à la capitale.

— On a raté le dernier vol.

— Alors quoi, je roule jusqu'à Tokyo ? s'étrangle Mme Kita en lui jetant un regard en biais.

Elle se contente de me déposer à la gare d'Ino, où je monte dans l'express spécial Ashizuri numéro 16, pour un départ à 19 h 15.

Mme Nakai et Mme Kita me font signe depuis le quai.

— Ça ira, toute seule ?

— Elle a pris sa décision…

De vraies mamans.

À 19 h 28, l'express s'arrête à la gare de Kochi, quai numéro 2.

Dehors, le soleil s'est déjà couché et le ciel vire au noir bleuté.

Parti de la gare routière de Kochi à 20 h 10, le bus express à destination du Tôkyô Disneyland Bus Terminal West prend l'autoroute en direction du nord.

De l'autre côté de la vitre, il fait sombre.

J'aperçois les lumières d'une petite ville qui défilent lentement au loin.

Mon père doit s'inquiéter de ne pas me voir rentrer.

Une douleur me serre le cœur à cette idée.

Je décide de lui écrire un message.

Papa, je suis partie sans te prévenir,
mais je dois m'absenter un peu loin.

Il me répond quelques instants plus tard.

Les dames de la chorale
m'ont envoyé un mail.

Elles ont eu la gentillesse de l'avertir.

Voilà qui me soulage un peu.

Excuse-moi d'être aussi égoïste.

Tu dois avoir tes raisons.

Une personne à qui je tiens beaucoup a des ennuis.

Et tu as décidé de l'aider.

Mais je ne sais pas si je peux lui être d'un grand secours.

Depuis quand ne m'étais-je pas confiée à lui ainsi ? Voilà qu'il me répond :

Tu as été si triste après la mort de ta mère, même si tu as toujours fait bonne figure. Cela a dû être très dur pour toi... mais tu as grandi et tu es devenue une fille gentille et attentionnée, à l'écoute des sentiments des autres.

Ma gorge se noue.

Suzu. Si tu es devenue une jeune fille aussi gentille, c'est grâce à l'éducation de ta mère.

Les propos de mon père me réchauffent le cœur. Ma vision se brouille.

Cette personne a besoin de
ta sollicitude.

Mes larmes tombent l'une après l'autre sur l'écran.

Merci.

Le lendemain, à 6 h 15, le bus express arrive au terminal aérien de la ville de Yokohama. De là, je prends la ligne de train Tôyoko et descends à la gare de Tamagawa peu avant 7 heures.

Lorsque je sors de la gare, quelques gouttes commencent à tomber sur la chaussée pavée.

Je scrute les environs, gagnée par l'anxiété. C'est la première fois que je me rends ici, dans une ville inconnue. Saurai-je me repérer ?

Je me mets à courir sous la pluie fine.

Tournant le dos au fleuve Tama, je gravis une colline. De grandes habitations comme je n'en ai jamais vu à Kochi se dressent, régulières, derrière une rangée de ginkgos. Pas un chat dans les rues. Seules quelques grosses voitures passent de temps à autre.

Debout à un carrefour, je balaie les environs du regard.

J'ai l'impression d'avoir perdu tout sens de l'orientation. Comment vais-je pouvoir identifier leur maison ? C'est peine perdue…

Je me secoue pour chasser mes angoisses avant de reprendre ma course.

Le souffle court, je m'arrête à l'angle d'une luxueuse résidence pour me repérer une nouvelle fois.

Les flaques d'eau ondulent, battues par la pluie. L'averse a gagné en puissance.

L'épuisement me gagne alors que j'inspecte les alentours, le cœur serré par l'inquiétude. Mes bras pèsent une tonne. Je suis bien mal embarquée. Si je ne les trouve pas rapidement…

Tout à mes pensées, je trébuche et m'étale sur la route glissante.

Je reste à terre un moment, incapable de bouger.

Avec un gémissement, je m'appuie sur mes coudes pour soulever mon buste endolori et essuyer mon visage trempé, maculé de boue. Il faut repartir. Serrant les dents, je me remets à courir, droit devant.

Je trouve finalement mes marques.

De l'autre côté de la colline bordée de manoirs, sur la rive opposée du fleuve Tama, j'aperçois les deux tours.

— C'est là !

Il n'y a pas de doute. Alors, ce doit être tout près…

— Belle ? lance une voix en haut de la colline.

Je fais volte-face, stupéfaite, et remarque une petite silhouette, debout sous la pluie.

— Tu… es… venue ?

Un sweat à capuche blanc. C'est Tomo.

— Tomo !

— Belle… !

Luttant contre la gravité, je m'élance à toutes jambes vers le sommet de la colline. Capuche sur la tête, Tomo court à ma rencontre, les bras tendus.

Nous nous rencontrons à mi-parcours et je le serre contre moi.

Une peau pâle, presque translucide. Un gabarit effroyablement fluet.

Qu'un enfant si fragile s'agrippe à moi pour réclamer mon aide…

— Ça va aller. Tout va bien se passer…, répété-je inlassablement à son oreille en lui frottant le dos pour le rassurer.

Au sommet de la colline, un autre garçon nous observe d'un air méfiant.

Kei.

— C'est vraiment toi, Belle ?

Serrant toujours son frère contre moi, je lui adresse un sourire.

Kei descend lentement vers nous. Mais il s'arrête à mi-chemin, comme pour garder ses distances. Il ne me fait toujours pas confiance.

Que faire pour combler ce gouffre ?

La pluie continue de tomber entre nous.

— Hé ! Où êtes-vous ? lance soudain une voix.

La porte d'une villa s'ouvre pour laisser sortir leur père.

— Où sont-ils ?! Tomo ! Kei ! hurle-t-il.

Kei se retourne en sursaut.

Empruntant le virage en S, leur père apparaît devant nous.

— Kei ! Pourquoi êtes-vous sortis sans permission ?!

Il s'approche d'un pas vif, menaçant.

Les traits crispés, Kei recule, comme poussé par une force invisible.

Je me précipite pour faire rempart, le dos tourné à leur père afin de les protéger.

— Qui es-tu, toi ?!

Il m'empoigne violemment l'épaule.

— C'est toi, l'ordure qui a fait circuler cette vidéo, hein ? Avoue ?! me réprimande-t-il, autoritaire, tout en me secouant avec fureur.

Les enfants toujours serrés contre moi, je garde la tête baissée, sans bouger.

— De la maltraitance ?! Ne raconte pas n'importe quoi ! beugle-t-il, indigné.

Il n'a pas l'air de jouer la comédie. Peut-être pense-t-il vraiment ce qu'il dit. Peut-être est-ce involontairement qu'il a acculé Kei et Tomo dans leurs derniers retranchements.

Je dois les protéger. Je resserre mes bras autour d'eux, mobilisant toutes mes forces.

Kei pose alors sur moi un regard ébahi.

— Cette sensation…, murmure-t-il, comme saisi d'une illumination.

— Kei ! Tomo ! À la maison, et que ça saute ! Vous ne m'écoutez pas ?! Je suis votre père, vous allez m'obéir !

La pluie redouble d'intensité.

L'homme m'attrape une nouvelle fois par les épaules pour me tirer violemment en arrière.

Je tombe à la renverse, sans lâcher mes jeunes protégés.

— Petite peste ! Tu veux détruire notre famille ?!

Ses mains m'agrippent la tête pour la secouer d'avant en arrière, comme s'il s'agissait d'un vulgaire objet. Puis il tire de toutes ses forces, les doigts crispés. Un affreux bruit se fait entendre – celui de l'ongle de son majeur déchirant ma joue gauche. Une douleur aiguë me traverse avec un peu de retard.

— Je ne te laisserai pas faire ! Tu m'entends ?!

Il lève un poing menaçant.

Je ne vais plus pouvoir les protéger. Je dois prendre une décision. Calmement, je me lève, me retourne, et me dresse comme un bouclier entre le père et ses fils.

Le poing toujours levé, l'homme écarquille les yeux, abasourdi.

Je reste campée là, sans un geste pour me défendre, sans dire un mot, pour protéger Kei et son frère.

Me contentant de soutenir le regard de leur père, sans faiblir.

La pluie tombe à verse.

L'homme semble vaciller un instant, comme déstabilisé par ma réaction inattendue.

Mais le voilà qui brandit de nouveau le poing, sa haine redoublée, et l'agite d'un air menaçant.

— Aaaaaah ! hurle-t-il.

Cette façon qu'il a de dominer les gens du regard… Sans doute est-ce ainsi qu'il a toujours vécu, en prenant les gens de haut, en les forçant à obéir. Je ne serais pas surprise qu'il me frappe en cet instant. C'est ce que semble présager ce regard obstiné.

Je continue de le fixer, sans fléchir, sans reculer non plus.

Le sang coule abondamment sur ma joue entaillée.

Jamais tu ne parviendras à écraser mon esprit.

C'est alors qu'un changement se produit chez lui. Son poing commence à trembler, comme à bout de force. Comme s'il tentait d'échapper à sa volonté.

L'a-t-il remarqué lui-même ? Il resserre désespérément sa poigne pour contenir le frémissement.

— Aaaaah !

Son poing me menace.

La pluie dégouline de mes cheveux et ruisselle sur mes joues, mêlée au sang, pour aller s'accumuler sous mon menton et tomber à grosses gouttes.

Tu ne parviendras pas à m'écraser.

Je continue de le dévisager sans faiblir.

— Aaah… ah… aaaah…

Il ne parvient pas à porter le coup.

Bientôt, ce n'est plus seulement son bras, mais son corps tout entier qui tremble comme une feuille. Il recule d'un pas chancelant avant de s'effondrer finalement, comme vidé de toute énergie. Les cheveux collés par la pluie, il lève vers moi un regard pathétique. Ce n'est plus un parent, ni même un adulte. Rien qu'un homme faible et médiocre.

— Aaah… aaah… aaah…

Toujours assis, il tente de reculer, comme s'il ne supportait plus de rester ici, avant de tordre le buste pour se relever péniblement et fuir en courant vers le haut de la colline.

Je le regarde partir en silence.

Lorsque je reviens à moi, la pluie s'est transformée en bruine.

— Belle…

C'est Kei.

Il se lève et pose sur moi un regard inexpressif.

— Tout à l'heure, quand tu m'as serré dans tes bras, j'ai enfin compris. C'est vraiment toi, Belle…

Puis, sans changer d'expression, visiblement incapable d'exprimer clairement ses émotions, il ajoute :

— Merci d'être venue. J'espérais tellement… que tu viennes…

Ses mots me vont droit au cœur. Sa sincérité ne fait aucun doute. Je le ressens au plus profond de mon être.

— Heureux de te rencontrer, Belle.

Il esquisse un sourire maladroit.

Un sourire débordant d'affection.

— Moi aussi…, murmuré-je en le prenant dans mes bras.

Nous restons un moment front contre front, tels des amoureux.

Kei pose sur moi un regard plein de gentillesse.

— Quand je t'ai vue te dresser pour faire barrage, j'ai compris. J'ai su que je devais me défendre, moi aussi. Alors, je vais me battre.

Les yeux clos, je tente de me remémorer tout ce qu'il s'est passé jusque-là.

— Toi aussi, tu m'as beaucoup appris, tu sais. Tu as délivré mon cœur figé par la peur.

Pour la première fois, Kei rougit comme le garçon de 14 ans qu'il est enfin redevenu.

— Merci... Je t'aime, Belle.

C'est l'instant que choisit Tomo pour se relever d'un bond.

— Belle... tu es... magnifique..., dit-il en me regardant fixement.

C'est un compliment qu'il a adressé un jour à Belle. Blessée, couverte de boue, je ressens fierté et bonheur de l'entendre me le répéter en cet instant.

— Merci...

Nous partageons une étreinte, tous les trois.

La pluie fine continue de nous arroser.

Aujourd'hui encore, U déborde d'une foule originaire du monde entier.

Il se trouve toujours quelqu'un de nouveau pour venir s'y inscrire, avec maladresse et excitation.

Ce pourrait être vous.

Une annonce retentit :

« U offre une autre réalité. L'AE, un autre vous.

La réalité ne peut être changée. Mais dans U, tout est possible. »

Un croissant de lune en forme de U se lève lentement.

« Ici, vous serez quelqu'un d'autre.

Ici, vous commencerez une nouvelle vie.
Ici, vous pourrez changer le monde. »

Je quitte Tokyo et arrive à la gare de Kochi dans l'après-midi.

Lorsque le « vapeur » à destination de Susaki rejoint enfin la gare d'Ino, le soleil est sur le point de se coucher.

Je descends sur le quai.

Alors que le train repart, j'aperçois mon père, debout sur le quai d'en face.

Je le regarde fixement par-dessus la voie.

Il me rend mon regard.

Un gros pansement me barre la joue gauche. En le voyant, mon père pourrait s'inquiéter, me demander quel danger j'ai affronté, s'il m'est arrivé quelque chose.

Au lieu de quoi, il se contente de dire :

— Voudras-tu dîner ?

Surprise de l'entendre m'adresser sa question rituelle, j'esquisse finalement un sourire.

— Volontiers.

Lui aussi se déride, imperceptiblement.

— Je te prépare un tataki, alors.

Ainsi s'achève notre première véritable conversation depuis des lustres. Combien de mois, combien d'années se sont écoulées sans que nous allions au bout de cet échange ? Mais peu importe. Car nous avons enfin pu le dire : « Voudras-tu dîner ? — Volontiers. » La boucle est enfin bouclée. Je me sens comme délivrée du poids de nos échecs passés.

Cette fois, mon sourire se fait plus franc.

— Je suis rentrée.

Mon père sourit jusqu'aux oreilles, lui aussi.

— Content de te revoir.

Nous échangeons un regard soulagé.

— Suzu ! s'écrit soudain une voix.

C'est Mme Nakai, qui nous attend devant la gare.

Les dames de la chorale, mais aussi Hiro, Luka, Kamishin, Shinobu… Tous sont venus m'accueillir.

— Bon retour à la maison !

Pour rentrer, nous empruntons les berges de la Niyodo caressées par le crépuscule.

Le chœur ouvre la marche, tandis que mon père ferme le cortège.

Derrière moi, Hiro et Luka discutent avec entrain. Kamishin les couve du regard, un large sourire sur le visage.

Pour ma part, je marche avec Shinobu.

— Suzu…

— Oui ?

— J'ai été assez impressionné en te voyant défendre ces enfants, tu sais.

Je me tourne vers lui.

Il me regarde fixement avant d'esquisser un sourire.

— Tu as été incroyable.

Je le dévisage, ébahie. Mes joues sont en train de virer cramoisies, je le sais.

Shinobu, lui, s'étire le dos tout en marchant.

— Ah, me voilà enfin libre ! dit-il en contemplant le ciel. Je n'ai plus besoin de te protéger. On va pouvoir se voir normalement. J'attendais ça depuis toujours.

Pour la première fois, je comprends ce qu'il a toujours ressenti. Ne sachant comment lui répondre, cependant, je me contente de suivre son regard.

Derrière le cumulonimbus qui emplit le ciel à l'ouest pointe le soleil couchant. Les nuages teintés de jaune flottant dans le bleu du firmament ont quelque chose de rafraîchissant.

Shinobu s'arrête pour contempler le tableau. Hiro, Luka et Kamishin en font de même. Même mon père et les dames de la chorale les imitent.

Au sommet du cumulonimbus s'étire une magnifique traînée lumineuse.

« Désolée », dis-je mentalement à Shinobu en admirant le spectacle.

Non, ce n'est pas ça…

Je devrais plutôt lui dire merci.

Un jour, j'espère pouvoir lui exprimer directement ma gratitude.

Je veux en devenir capable.

Une brise légère soulève mes cheveux.

J'entends les femmes du chœur discuter entre elles.

— Et si on chantait quelque chose tous ensemble sur le chemin du retour ?

— Bonne idée… Ça nous fera une répétition.

— Pour le concert d'automne.

— Qu'est-ce qu'on chante ?

— Il n'y a qu'un choix possible, voyons.

— Entendu. Chantons-la !

Elles se retournent.

— Suzu, m'interpelle Mme Yoshitani. C'est toi qui mènes !

— Allez, chante ! m'encouragent Hiro, Luka et Kamishin d'une seule voix.

Je me retourne en sursaut vers Shinobu.

— Je t'écoute, dit-il avec le sourire.

— D'accord !

Le regard porté au loin devant moi, je prends une profonde inspiration.

— Bien, allons-y !

Table des matières

Invitation 7
Suzu 15
Souvenirs 29
Métempsycose 65
Rencontre 89
Jeu de piste 107
Le château du dragon 129
Amour 145
Love Song 161
Prémonition 175
Idylle naissante 191
Identités 205
Masques 227
Mélodie 243
À visage découvert 263

Composition et mise en pages
Nord Compo à Villeneuve-d'Ascq